回帰した悪逆皇女は黒歴史を塗り替える

【1】

緋色の雨　イラスト　鍋島テツヒロ

Kaiki shita akugyakukoujo ha
kurorekishi wo
nurikaeru

CONTENTS

プロローグ

Prologue

アリアドネ・レストゥール。グランヘイム国の王と、いまは亡きレストゥール皇国の皇女のあいだに生まれた婚外子だ。

父からはグランヘイムを名乗ることを許されず、母からは名前を呼ばれない。親の愛情を知ることなく育てられた不遇の皇女であるが、成長するにつれてその才能を開花。

鮮烈なデビュタントを経て、紅《くれない》の薔薇《ばら》として社交界に君臨する皇女。

まるで物語の主人公が歩むような波乱に満ちた人生。けれど、彼女がこの世界の主人公になることは決してない。彼女が辿り着いたのは、恥辱にまみれたバッドエンドだった。

――ここは王宮にある謁見の間。その場に集まった貴族達の視線を一身に受けたアリアドネは、後ろ手に拘束された状態で跪《ひざまず》かされていた。

みすぼらしい姿にはなっているが、青みがかったプラチナブロンドはいまもなお艶《あで》やかで、皇族の証《あかし》である宝石眼はアメシストのごとくに輝いている。

そんな彼女が見つめる先。

国王陛下は療養中につき玉座は空席。その隣にある席には王妃が厳かに座っている。更にその横には裁判官が立っており、彼は罪状を纏《まと》めた紙を高らかに掲げていた。

「アリアドネ・レストゥール。そなたは、前王妃の暗殺、並びに第一王子の毒殺。事故に見せ掛けた前騎士団長の殺害。国王の暗殺未遂および傷害。現騎士団長への脅迫。闇ギルドとの内通による国家機密の情報漏洩《じょうほうろうえい》。禁呪に手を出した罪を認めるか？」

そのあまりの罪状の多さに、集まっていた貴族からざわめきが上がる。

だがアリアドネは視線一つ揺らさなかった。

「――ええ、認めるわ」

まっすぐにまえを向き、静かな口調で罪を認めた。よく通るアリアドネの声はざわめきの中でも謁見の間に響き、皇族の証である宝石眼に見つめられた裁判官が一歩後ずさった。

観衆の瞳に、悪逆非道の限りを尽くしたアリアドネに対する恐怖が滲《にじ》む。

（身に覚えのない罪も混じっているけれど……）

アリアドネは彼らの憎しみを無言で受け入れた。

なぜなら、並べられた罪はすべて、第二王子のジークベルトを次期国王に押し上げるため、同じ派閥の誰かが実行したことだからだ。

アリアドネは現国王の血を引きながら、グランヘイムを名乗ることを許されていない。母方の姓であるレストゥールを名乗っているが、その母からも愛情を与えられなかった。家族愛に飢えていた彼女は、唯一家族と呼んでくれたジークベルトに心酔した。

いまは兄と呼ぶことすら許されていないけれど、ジークベルトが王になれば、現国王の命令を撤回することが出来るはずだった。

だからジークベルトを王にするべく、あらゆる悪事に手を染めた。

悪事がつまびらかにされた以上、彼の妹を名乗ることは出来ないだろう。だが、家族だと言ってくれた彼が王になり、自分を忘れないでいてくれるのなら死んでも悔いはない。

アリアドネはすべての罪を飲み干し、希代の悪女として裁かれることを受け入れる。

(決して後悔はしない。だって私は、ジークベルトお兄様のお役に立てたんだもの)

むしろ、彼のために断罪されることが嬉《うれ》しい。自分一人が断罪されることで、ジークベルトの側近に掛けられた疑惑をすべて引き受けることが出来るから。

そんな晴れやかな気持ちでいると、そこにジークベルトが婚約者を伴って登場した。

(ジークベルトお兄様がどうしてここに?)

アリアドネが働いた悪事の多くには彼が関与している。それについて追及させないためにも、この断罪の茶番劇には関わらないようにするという手はずだった。

「まさか、おまえがこのような大それたことをしでかしていたとはな」

蔑むような目を向けられる。

その瞬間、アリアドネの鼓動がドクンと嫌な音を立てた。

「……ジークベルト、殿下？」

「まったく。こんなのと血が繋《つな》がっているとは、考えただけで虫唾《むしず》が走る」

「そ、それは、どういうことですか⁉」

誰からも愛されなかったアリアドネ。彼女にとって、ジークベルトがかけてくれる優しい言葉だけが希望だった。なのに、そんなことを口にされるなんて信じられないと目を見張る。

次の瞬間、ジークベルトが身を屈《かが》め、アリアドネの耳元に口を寄せた。

「滑稽《こっけい》だな。母がなぜ死んだかも知らず、俺の甘い言葉に騙《だま》されて。だが、おかげで俺は王太子になることが出来た。おまえはとても優秀な、捨て駒だったよ」

「――まさか、最初から私を捨てるつもりだったんですか⁉」

身を離したジークベルトに向かって叫ぶ。次の瞬間、彼はまるでその言葉を待っていたとでも言わんばかりに口の端を吊《つ》り上げた。

そしてたっぷりとタメを作り、観衆に見せつけるようにやれやれと溜《た》め息《いき》を吐《つ》いた。

「捨てるもなにも、最初から恋人にすることは出来ないと言っていただろう？　なのに、こんな悪事まで働くとは。……兄妹《きょうだい》は結婚できないと知らなかったのか？」

「――はあっ⁉」

彼女の口から素っ頓狂な声が零《こぼ》れた。

アリアドネがジークベルトに向けるのは家族愛であって恋愛感情ではない。それはジークベルトも承知だったはずだ。なのに、急にそんなことを言い出すなんてと言葉を失った。

だが、アリアドネからその反応を引き出すことこそが、ジークベルトの謀略だった。

観衆は驚いた顔で沈黙するアリアドネを見て誤解する。彼女は、兄妹が結婚できないことを受け入れられず、片思いをこじらせて取り返しのつかない悪事を働いたのだ――と。

こうして、アリアドネは歴代最高に恥ずかしい勘違い皇女として処刑された。

「――後悔した！　思いっ切り後悔したわ！　二度とお兄様なんて呼ぶもんか！　地獄で会ったら絶対にぶん殴ってやる！　……って、あれ？　私は処刑されたはずじゃ？」

目覚めたのはベッドの上だった。

窓辺から差し込む夕日が、ハチミツで満たしたかのように寝室を黄金色に染め上げる。

そんな幻想的な空間で、周囲に人影はなく、アリアドネは寝ぼけ眼で天井を見上げていた。

(ま、まさか、あれが夢だったの!?)

失笑の中で処刑されるという、このうえない羞恥《しゅうち》を感じながらの最期を迎えた。それが夢だった。もう一度、あの恥ずかしい最期を迎えるのかと目の前が真っ暗になる。

だけど、思わず顔を手で覆《おお》ったアリアドネは、その手の小ささに違和感を覚えた。

(……え？ これ、私の手だよね？)

デビュタントを終えて美しく成長した、アリアドネの細く長い指先が心なしか小さくなっている。まるで、何年も時が戻ったかのように——

(——って、まさか!?)

アリアドネはベッドから飛び降り、部屋にある姿見を目指して駆け出す。いつもと違う感覚に転んでしまうが、そのまま絨毯《じゅうたん》の上を這《は》って姿見に縋《すが》り付《つ》いた。

そこに映っているのは10代半ばの少女。

青みを帯びたプラチナブロンドに、アメシストのような瞳。レストゥール皇族の証たる宝石眼を持つその身は、若き頃のアリアドネそのものだった。

「……なにこれ、子供の頃の私？ まさか……子供の頃に回帰したの？」

信じられなくて顔を触ってみるけれど、鏡に映る姿は自分と同じ動きをしている。

「夢じゃ……ない？　待って、本当に回帰したの？　じゃあ何歳に戻ったの⁉」

　慌てて部屋の内装を見回す。

（一輪の紅《あか》いバラを挿した花ビン……）

　アリアドネが15歳になった日、誰かがこっそり飾ってくれたものだ。

　でもその花ビンは半日ほどしか存在していなかった。

　その理由は――

　マリアンヌお母様が亡くなったのは忘れもしない。アリアドネが15歳を迎えた日の翌日の朝。部屋に駆け込んで来た侍女の口から、母が自ら命を絶ったと聞かされた。

　花ビンを割ってしまったのは、その報告を受けたショックからだ。

　つまり、花ビンがこの部屋に存在したのは、誕生パーティーが終わった当日の夕方から、翌日の早朝までのあいだだけ。

　いまは夕方だから、母が亡くなる前日ということになる。

「……待って。それが事実なら、黒歴史をなかったことに出来るんじゃない？」

　王子と出会ったのは、母が亡くなってしばらく経《た》ったある日のことだ。絶望にくれていたアリアドネは、家族であることをほのめかすジークベルトに依存するようになった。

　そうして、迎えたのがあの結末。

あの歴史に残るような黒歴史をなかったことに出来る。

(だけど油断は出来ないわ)

ジークベルトに従った場合の結末は、その身を以《もっ》て体験したばかりだ。だが、彼に逆らって生き残れる可能性は低い。なぜなら、彼女がレストゥールの名を冠する娘だから。

かつて、レストゥール皇国という国があった。

皇国は愚《おろ》かにもグランヘイム国に戦争を仕掛け、返り討ちにあった。国は併合されて、皇族達も処刑された。だが、たった一人だけ、皇族の娘が生かされることとなった。

その娘こそがアリアドネの母、マリアンヌである。

つまり、アリアドネは亡国の皇女と、皇国を滅ぼした国の王とのあいだに生まれた婚外子なのだ。皇女として認められてはいるが、貴族達からは腫れ物のように扱われている。

そんな彼女が、次期国王と対立して生き残るのは至難の業だ。

(生き残るには後ろ盾が必要よ。でも、ジークベルト殿下に対抗できるのは……アルノルト殿下が旗印《はたじるし》の第一王子派くらいかしら?)

回帰前の第一王子派は、ジークベルト率いる第二王子派に敗北している。

だけど、そうなった最大の理由はアリアドネだ。

彼女が手を下さずとも、同じ歴史をたどる可能性は高いけれど、いまのアリアドネは第二王子派の内情を誰よりも知っている。それどころか、アリアドネは紅の薔薇として社交界に君臨していた。ジークベルトのために身に付けた技術と知識、それにこれから起こる未来の記憶がある。

　第一王子派を味方に出来たなら、第二王子派に対抗することだって出来る。

　黒歴史と後ろ暗い行動にまみれた真っ黒な人生をやり直し、今度はジークベルトに騙されたりしない、誰にも恥じることがない人生を歩むことが出来るはずだ。

（でも、それにはお母様が邪魔になるわ）

　マリアンヌはアリアドネを愛してはくれなかった。アリアドネの名前を呼んだことすら数えるほどしかない。そのくせ娘を皇女宮に縛りつけ、家庭教師による教育だけは厳しくおこなった。それも、ラファエル陛下の気を惹《ひ》くためだけに。

　そんな彼女がいては、アリアドネは思うように動けない。

　だが、そのマリアンヌも夜明けに自害する。

　このままなにもしなければ、アリアドネを縛る枷《かせ》の一つがなくなる。

（そうよ。お母様が死んだってかまわないじゃない）

　当時のアリアドネは、お母様が自分を残して逝くはずはないと泣きじゃくった。

　だけど、遺書が見つかったことと、マリアンヌが日頃から陛下の寵愛《ちょうあい》を得られないことを嘆いていたという、周囲の証言が得られたことで自殺と断定された。

それから何度も季節が巡った。

いまのアリアドネは母の死なんてとっくに乗り越えている。

それに、アリアドネがいくら愛を望んでも、母はそれに応えてくれなかった。ならば、アリアドネが母を見限ったとして、誰がそれを咎《とが》められるだろう。

(だから、だから私は——)

アリアドネは鏡に映るその身を、母の面影を宿した自分を静かに見つめた。

Kaiki shita akugyakukouju ha
kurorekishi wo
nurikaeru

第1章 悪逆皇女の決意

Chapter 1

1

皆が寝静まる夜更け。

パジャマ姿のアリアドネは、魔導具《まどうぐ》の灯《あか》りに照らされた廊下をひたひたと歩いていた。

「本人が死にたいって言ってるんだから、死なせてあげればいいじゃない」

母のマリアンヌが亡くなれば、アリアドネは自由に動くことが出来る。母の命令で皇女宮に縛られているアリアドネにとって、母の死は望むべきことだった。

「――なのに、どうして、私はお母様の部屋に向かってるの？」

どれだけ望んでも、愛を与えてくれない酷《ひど》い母親。アリアドネが優秀な成績を修めたときですら、微笑《ほほえ》み一つ浮かべてくれなかった。

そんな冷酷な母親を救うことに価値なんてない。

「というか、お母様が私の言葉に耳を傾けてくれると思っているの？」

母が死ぬつもりなら、アリアドネが止めても邪魔をするなと言われるのが関の山だ。下手をしたら、後から駆けつけた使用人に、母親の殺害容疑を掛けられるかもしれない。

「引き返しなさい。私は紅《くれない》の薔薇《ばら》。権謀術数《けんぼうじゅっすう》にまみれた社交界を巧みに生き抜いて、その頂点に立った女なのよ。それなのに、どうしてこんな当たり前の判断も出来ないの？」

どうするのが正解かは分かっている。

なのに、身体《からだ》が言うことを聞いてくれない。まるで子供の頃の自分が――まだ母を信じていた頃のこの身体が、母を見捨てることを拒絶しているかのように。

「……あぁもう、分かったわよ」

溜《た》め息《いき》を吐《つ》いて、自らの意志で歩みを進める。

（私に家庭教師をつけるくらいだもの。私に対する愛はなくとも、私に期待しているなにかはあるんでしょ？　それを引き合いにすれば、交渉くらいは出来るはずよ）

紅の薔薇はこの程度の想定外に慌てふためいたりはしない。そう自分に言い聞かせたアリアドネは、母の寝室の前で足を止めた。

「……着いちゃった」

回帰を経たアリアドネにとっては何年かぶりの再会だ。だがそれを除いたとしても、自分から母の寝室を訪ねるのは初めての試みだ。

アリアドネは扉に手を掛けて、コクンと喉を鳴らした。

（あぁもう、しっかりしなさい！　私は紅の薔薇。いまはこんなナリだけど、一度は社交界の頂点に上り詰めた女なのよ。この程度で怯《ひる》むはずないでしょ！）

パジャマの裾《すそ》をぎゅっと握り締め、勢いよく扉を開け放った。

「お母様。もしかしたら死にたくなるような悩みを抱えていたりしませんか？」

紅の薔薇はそんな下手な話の振り方をしない——と、自分で自分にツッコミを入れながら部屋へ踏み込んだ。そうして目の当たりにした光景を前に、アリアドネは息を呑《の》んだ。

月明かりに照らされたベッドの上、薄手のネグリジェを纏《まと》うマリアンヌが、全身黒尽《くろず》くめの男に組み敷かれていたからだ。

開けっぱなしの窓から吹き込んだ風が、呆《ほう》けたアリアドネの頬を撫《な》でる。

「あ〜その、既に相談相手がいらしたんですね。その、お邪魔しました」

母の情事を目の当たりにしたと思ったアリアドネは一歩後ずさる。次の瞬間、マリアンヌの上に覆《おお》い被《かぶ》さっていた男がベッドから降り立った。

「逃げなさい、アリアドネ！」

マリアンヌが男にしがみつく。だが、男はマリアンヌを払いのけ、次の瞬間にはアリアドネに飛び掛かってきた。状況を理解したアリアドネの目がすぅっと細められる。

「——母娘《おやこ》を一緒にいただこうなんて下品な男ね」

迫り来る暗殺者の手には月明かりを受けて鈍く光る短剣。アリアドネは重心を落とし、絨毯《じゅうたん》の上を滑るように側面へと回避。その場に残した片足で暗殺者の足を引っ掛けた

――が、相手の勢いを受け止めきれずに自分もふらついてしまう。

とっさに体勢を立て直す。その視界に鈍い光が映り込んだ。経験から、煤《すす》で反射を抑えた短剣だと判断して身体を捻《ひね》る。逃げ遅れた髪の隙間を放たれた短剣が突き抜けた。

再び体勢を崩すアリアドネ。

迫り来る暗殺者は勝利を確信して覆面の下で嗤《わら》う。

「――舐《な》めないでっ！」

アリアドネがパチンと指を鳴らした。

次の瞬間、彼女の足元からアイスブルーの蔦《つた》が伸びる。暗殺者は跳び下がって避けようとするが、それより早く氷の蔦が彼の身体を捕らえた。

彼は立ったまま氷の蔦に縫いつけられ、身動き一つ出来なくなった。

(ふうっ、身体能力は落ちているけど、魔術は問題なく使え――っ。いえ、魔力面にも不安があるようね。ちょっと目眩《めまい》がするわ)

回帰前に身に付けた技術は失っていない。けれど、体力や魔力は15歳の頃の水準に戻ってしまっている。以前ならなんの問題もなかった魔術の行使に、大きな脱力感が伴った。

でも、いまはそれよりも――と、マリアンヌのもとへと駆け寄った。

「お母様、ご無事ですか!?」

「……はぁ、はあ。アリアドネ、どうして、ここに？」

さっきまで叫ぶほど元気だったのに、いまは意識が朦朧《もうろう》としている。すぐに周囲を見回したアリアドネは、近くに落ちている小瓶を見つけて匂いを確認する。

（この匂いは――フェルモアの毒！）

甘い香りの即効性がある神経毒だ。あまり苦しまずに死ぬことが出来るため、自害にも毒殺にもよく使われる。

かくいうアリアドネも、第一王子を毒殺するときに使用している。

だが、ポピュラーであるがゆえに、その解毒薬も存在している。

「緊急事態よ！　誰か、誰かいないの！」

アリアドネの金切り声に、屋敷がにわかに騒がしくなる。

「どうされました――ひっ!?　なんですか、この男は!?」

最初に駆け込んできたのは、アリアドネお付きの侍女、シビラだった。

彼女は魔術で立ったまま床に縫い止められている暗殺者を目にして悲鳴を上げ、こちらの状況には気付かない。

「シビラ。お母様が暗殺者に毒を飲まされたわ！　お医者様を呼んできて！」

「え？　皇女殿下？　って、え、マリアンヌ皇女殿下!?」

「いいから、お医者様よ！　それと、毒の名前はフェルモアよ。一刻も早く、お医者様に解毒剤を持ってこさせなさい！　フェルモアの毒よ、復唱なさい！」

「フェ、フェルモアの毒ですね、かしこまりました！」

アリアドネに一喝されたシビラは全力で駆けていった。それを見送ることなく、ベッドサイドに置かれた水差しを摑《つか》んで母に水を飲ませる。

微《かす》かに意識を残しているマリアンヌは、多少は咽《む》せながらもその水を飲み干していく。そうして毒を希釈《きしやく》させたアリアドネは、母の喉に指を突っ込んで嘔吐《おうと》させる。

相手は一度も愛情を注いでくれなかった母親だ。

さっきまでのアリアドネは、母が死んでくれた方がいいとすら思っていた。だけど、実際に死にそうな母をまえにして、必死の救命処置をおこなっている。

（——だって、仕方ないじゃない！）

マリアンヌは逃げろと言った。暗殺者に組み敷かれ、毒を飲まされた直後なのに、現れた娘に対して助けを求めるのではなく、逃げるように促したのだ。

普段のマリアンヌからは予想できない言動。

いまだって、聞き間違いであることを疑うほどだ。

だけど、マリアンヌはたしかに逃げるように言った。それどころか、アリアドネを逃がす時間を稼ごうと暗殺者にしがみついた。

まるで、娘を愛していたかのように。

「しっかりして、お母様！　このまま死ぬなんて、許さないんだから！」

必死に呼びかけて母の意識を繋《つな》ぎ止め、再び水を飲ませて吐き出させる。その途中で、初老の執事、ハイノが侍女や皇女宮を護《まも》る騎士を連れて部屋に駆け込んできた。

「皇女殿下、これは一体なにごとですか⁉」

「ハイノ、その男は暗殺者よ。騎士に拘束させなさい。それと、お母様はフェルモアの毒を飲まされたわ。シビラが医者を呼びに行っているから、お湯と暖を取る準備を！」

普段なら、アリアドネの変わりように突っ込まれたかもしれない。だが、非常時であることが味方し、ハイノはすぐにその命令に従った。

それからほどなく、シビラの連れた医者が飛び込んできた。

「マリアンヌ様がフェルモアの毒を飲まされたというのは本当ですか⁉」

「そこにある小瓶よ」

「この匂い、たしかに。――マリアンヌ皇女殿下、解毒剤です」

医者がマリアンヌの治療を始める。その邪魔にならないように、アリアドネはベッドから降り立った。だが、足に力が入らず、絨毯の上にくずおれてしまう。

シビラがとっさにその身体を抱き留めてくれた。

「皇女殿下、どうなさったのですか⁉」

「私は大丈夫、魔力が枯渇しただけだから。それよりも、いまはお母様の治療を……優先、なさい。……ハイノ、私の命令を……っ。聞けるわね？」

この頃のアリアドネが執事に指示を出すなんてことはあり得ない。だが、ハイノはすぐさま進み出て、アリアドネのまえでかしこまってみせた。

「なんなりとお申し付けください」

「……まずは、その暗殺者の顔を見せて」

「かしこまりました。そこの貴方《あなた》、その男の覆面を取ってアリアドネ皇女殿下のまえに」

ハイノが騎士の一人に命じて覆面を取らせる。そうして露《あら》わになった顔に、アリアドネは見覚えがあった。回帰前、ジークベルトに紹介された暗殺者の一人だ。

（……そう。そういうこと。あの男、お母様を殺した暗殺者を私に……）

母の敵を重用《ちょうよう》していたことになる。

それは、このうえない屈辱だった。

アリアドネは血が滲《にじ》むほど唇を噛《か》み、ジークベルトへの復讐《ふくしゅう》を誓った。

「お母様の警備態勢を強化、して……皇女宮を封鎖、なさい。不届き者が、さっきの一人だとは……はぁ、限らないわよ」

「かしこまりました。すぐに対処いたします」

「ええ。私は、少し、休むわ。後は……任せた、わ……」

アリアドネは振り絞るような声で告げ、シビラの腕の中で意識を失った。

2

窓辺から差し込む朝日を浴びて目を開く。アリアドネが目覚めたのは、ふかふかなベッドの上だった。手をかざせば、小さな手が視界に映り込んだ。

まだ幼さの残る手を目の当たりにして、アリアドネは自分が回帰したことを思い出す。

(私は回帰して、それからお母様の自殺を止めようと……っ。そうだ、お母様はあれからどうなったの!?)

跳ね起きれば、ベッドに寄りかかって眠るシビラの姿があった。

「シビラ、起きて、シビラ！」

「うぅん……？　あ、皇女殿下、お目覚めになったんですね！」

一晩中付き添ってくれていたのだろう。

目覚めたシビラの目元には疲労の色が滲んでいる。

「疲れているところ悪いけど、お母様がどうなったのか教えて」

「あ、その……マリアンヌ皇女殿下は……」

「なに？　ハッキリ言いなさい」

「いえ、その……どうか、ご自分の目でお確かめください」

シビラがそっと目を逸《そ》らした。それを目の当たりにした瞬間、アリアドネはベッドから降りて、パジャマ姿のまま廊下へと飛び出した。

「――アリアドネ皇女殿下！」

シビラが追い掛けてくるけれど、アリアドネは彼女を置き去りにして母の部屋を目指す。

アリアドネの部屋からもっとも離れている場所、そこにマリアンヌの寝室があった。

入り口に立つ護衛の騎士を退《ど》かせ、母の寝室へと飛び込んだ。

「お母様っ！」

「これは、アリアドネ皇女殿下。もう起き上がって大丈夫なのですか？」

応じたのは手前に控えるメイドだった。そしてその奥にあるベッドには、医師や侍女に看病されるマリアンヌの姿があった。

死人のように青白い顔をしているが、パジャマを押し上げる胸はわずかに上下している。

「私は平気よ。それより、お母様はどうなっているの？」

「マリアンヌ様は……その、非常に申し上げにくいのですが……」

「――退いて」

本人にたしかめた方が早いと、医師を押しのけてマリアンヌのまえに立つ。

「お母様、私です。アリアドネです」

強く呼びかければ、マリアンヌがゆっくりと瞼《まぶた》を開いた。

だけど――

「あ……え。……あっ……あ？」

「……お母様？」

記憶に残る彼女からは想像も出来ない弱々しい姿。

呂律《ろれつ》が回っておらず、なにを言っているか分からない。

「マリアンヌ皇女殿下は、その……一命は取り留めました。ですが、毒による後遺症でこのような状態に……」

「……そう。治癒魔術は試したのよね」

「もちろんです。ただ、治癒魔術といっても万能ではなく……」

「ええ、知っているわ」

この世界において、治癒魔術というのはそれほど強力なものではない。習得も難しいため使い手も少なく、攻撃魔術に比べれば児戯《じぎ》のようなものだ。

「それで、回復の見込みはあるのかしら？」

「幸い、意識はあるようですので、時間を掛ければ、あるいは……」

（おそらく、ではなく、あるいは……か。状況は厳しい、という訳ね）

医師の言葉は気休めだと直感的に思った。

でも、それでも――と、自分の母に視線を向ける。

「……少し、二人にしてちょうだい」

「かしこまりました」

医者が頷《うなず》き、部屋にいた侍女やメイドと共に退出していく。それを見届け、アリアドネはベッドの縁に座って母の顔を覗《のぞ》き込《こ》んだ。

「……お母様。私は一度死に、回帰してきました」

マリアンヌの瞼がぴくりと跳ねた。

「信じられませんよね。私も同じ気持ちです。もしかしたら、いまも処刑された直後で、走馬灯のように、都合のいい夢を見ているのかもと思っているくらいですから」

マリアンヌが二度瞬いた。そうして、ゆっくりと手を持ち上げる。

アリアドネはその手を掴んだ。

「私、お母様に嫌われていると思っていました。……正直、いまでも思っています。でも、お母様、言ってくれましたよね。逃げなさい――って」

アリアドネが握り締めるマリアンヌの手が一瞬、きゅっと握り返してきた。あり得ないと思っていても、母が肯定してくれているようでアリアドネは泣きそうになる。

「……私、嬉《うれ》しかったんです。とっくに諦めたつもりだったけど、でも、そうじゃなかった。私はお母様のことを……」

握り締めたマリアンヌの手を引き寄せて頬ずりする。それからピタリと動きを止めて、アメシストの宝石眼をすぅっと細めた。

「……だから、お母様をこんな目に遭わせた誰かを許せない。その者を見つけ出し、必ず、生まれてきたことを後悔させてやるわ」

びくりと、マリアンヌの手が大きく震えた。

「……心配しないで、お母様。きっと……上手《うま》くやるから」

マリアンヌの手をベッドの上に戻し、アリアドネは静かに立ち上がった。それから部屋の外に待機していた医者達にマリアンヌのことを任せて自分の部屋へと戻る。

部屋に戻ったアリアドネは、着替えなどの朝の準備をすませる。そうして朝食をとった後は、中庭へと足を運び、木漏れ日の下で木の幹に身を任せて物思いに耽《ふけ》っていた。

（まさか……お母様の死因が自殺じゃなかった、なんてね）

回帰前は自殺なんてあり得ないと訴えたのに否定された。そうして、いつしか、母は自分を残して逝ってしまったのだと割り切るようになった。

なのに、それが間違いだった。

（今更……とも言えないかしら？）

回帰後のいま、マリアンヌは生存している。

掛け違ったボタンを正す機会は……もしかしたらあるかもしれない。でもそれはいまじゃない。いまやるべきは、二度とこのような事件が起きないように手を打つことだ。

（ジークベルト殿下にはいつか必ず復讐する。でも、彼を殺して終わりじゃない。破滅を回避するためにも、味方を得るのが最優先事項よ）

現在の王位継承権の順位は少し複雑だ。

前国王は事故によって死亡、その弟が中継ぎの王として即位している。

よって、前国王の息子が王位継承権第一位のアルノルト第一王子で、現国王の息子が王位継承権第二位のジークベルト第二王子。

本来であれば、アルノルト殿下が成人後、王位を譲り受けることになっている。しかし、現国王の息子を次の王に――という動きがある。

それを主導しているのが第二王子派だ。

彼らは利害が一致すれば敵とでも手を組むが、邪魔だと思えば暗殺することも厭《いと》わない。邪魔だと判断されれば、アリアドネも暗殺されることになるだろう。

「初めましてだな」

不意に降って下りた声に、思わず殺意を零《こぼ》しそうになった。その声を聞き間違えるはずがない。いままさに考えていたジークベルトの声だった。

（……落ち着きなさい。いまはまだ敵に回していないはずよ）

この時期の彼の目的は、アリアドネを自分の駒にすることだ。マリアンヌの暗殺が失敗したからといって、いきなり手のひらを返すことはないだろう。

そう言い聞かせて顔を上げる。

ブラウンの髪に、野心を滲ませた青い瞳。まだ幼さを残した少年時代のジークベルトが、人懐っこそうな表情を浮かべてアリアドネを見下ろしていた。

よくよく見知った相手。だけど、いまのアリアドネにとっては初対面だ。彼女はパチリと瞳を閉じて精神をリセット。一呼吸置いてゆっくりと目を開く。

演じるのは、年相応に未熟な娘の姿。

「……あ、貴方は？」

「俺はジークベルト。おまえの家族にあたる人物だ」

回帰前の彼女は、家族という言葉に胸をときめかせた。

だが、いまはなにも感じない。

「ジークベルト殿下？　お、お初にお目に掛かります。私はアリアドネと申します。……といいますか、私のことをご存じなのですか？」

「もちろん、噂《うわさ》は聞いているぞ。ずいぶんと優秀だそうだな」

（……噂、ね）

この頃のアリアドネは皇女宮に封じられていた。忘れられた皇女——といった噂ならともかく、優秀だなんて噂が流れているはずがない。

だけど——

（皇女宮に密偵がいるなら話は別ね。回帰前より早く訪ねてきたのがその証拠よ。なんの理由もなく、行動を変えたりするはずはないわ）

回帰前はマリアンヌの暗殺に成功した。だから、アリアドネが母の死を受け入れ、悲しみにくれているタイミングに現れた。

甘い言葉を口にして、アリアドネの弱さに付け込むために。

だが、今回は暗殺に失敗している。

だから、アリアドネがその件で動揺しているであろう、このタイミングに現れたのだ。

「ところで、なにか落ち込んでるようだな」

「……そんな風に見えますか？」

「ああ。なにかあったんだろ」

（なんて白々しい）

いま、彼の側《そば》に護衛はいない。このタイミングなら、彼を殺すことが出来る。

だけど――

（まだよ。いまはまだ殺すべきじゃないわ）

復讐する相手はジークベルトだけじゃない。

証拠を残して捕まる訳にはいかない。

それに――

（簡単に殺したら、復讐にならないじゃない）

殺すのは絶望させてからだ。彼のすべてを奪い、殺してくれと懇願させる。そうして初めて、アリアドネの復讐は達成される。

だから、いまは我慢の時だ――と、アリアドネは拳を握り締めた。そうして感情を抑え込むことで、母が殺されそうになったショックを隠そうとする健気《けなげ》な娘を演じる。

「……ジークベルト殿下、心配してくださってありがとうございます。たしかに今日は少し悲しいことがあったんですが、もう大丈夫ですわ」

スカートの部分を軽く叩《はた》いて立ち上がり、ジークベルトに向かって小首をかしげて微笑み掛ける。ジークベルトはそれに見惚《みほ》れたように動きを止めた。

見た目は15歳のアリアドネだが、その精神は社交界の頂点に上り詰めた紅の薔薇だ。16やそこらの少年が相手なら、些細《ささい》な仕草で虜《とりこ》にするなど造作もない。

「それでは、私は失礼いたしますね」

「……え？　あ、いや、ちょっと待って」

踵《きびす》を返した直後に腕をぎゅっと掴まれる。その痛みに顔をしかめたアリアドネはけれど、なんでもないような素振りで振り返った。

「なにか私にご用ですか？」

「あ、いや、その……俺とおまえは家族も同然だ。もし困ったことがあればいつでも相談するといい」

唐突な提案はけれど、少しだけテレが混じっていることを除けば、回帰前に言われたセリフと大差がない。思いつきではなく、最初から口にする予定のセリフだったのだろう。

（私が家族への愛に飢えていると知っていて……心の中で馬鹿にしていたんでしょうね）

それなのに、回帰前のアリアドネは家族という言葉にころっと騙《だま》されてしまった。情けなさと恥ずかしさに耐えかねて、アリアドネはきゅっと拳を握り締めた。

「ジークベルト殿下のお気持ちに感謝いたします。ですが、身に余るお言葉ですわ」

アリアドネはそう言ってお辞儀をして再び踵を返す。だが、またもやジークベルトに腕を引っ張られた。それも、さっきよりも荒々しく腕を引かれる。

「待て。俺が家族になってやるって言ってるのに、なにがそんなに不満なんだ？」

（あら、思ったよりも早く化けの皮が剥がれそうね）

アリアドネの知る彼はもう少し演技派だったのだが……この頃はまだ未熟のようだ。

（なのに、こんな男にころっと騙されて、私は……。ほんっと、黒歴史ね）

「おい、なんとか言ったらどうなんだ？」

「……ジークベルト殿下のお言葉はもちろん嬉しく思います。ですが、私はグランヘイムを名乗ることを許されぬ身なれば、私を家族と呼ぶのはご容赦くださいませ」

「はあ？　俺がいいって言ってるんだぞ。だから、そんなことは気にするな。……あぁ、そうか。妹になるのが嫌なんだな。ならもっと他の関係でもいいんだぞ？」

たとえば恋人のように――とでも言いたげに顔を寄せてくる。

「……ジークベルト殿下」

アリアドネは意識的に、自分が魅力的に映るように微笑んだ。そうして彼の意識を惹《ひ》き付けてから、一歩下がって困ったような表情を浮かべてみせる。

「……その、こういったことを口にするのは大変心苦しいのですが……血が繋がっている兄妹《きょうだい》では結婚できないんですよ？　ご存じありませんか？」

ちょっとした回帰前の意趣返し。だがその何気ない一言は、ジークベルトに劇的な化学反応を引き起こした。彼はまるで仇敵《きゅうてき》を見つけたかのように顔を険しくする。

「おまえ、なにを知っている？」

（どういうこと？　いまの会話に、そんな過剰な反応を引き出す要素があった？　まさか本当に、このときの彼は兄妹が結婚できないと知らなかった？　……うぅん、違う）

ジークベルトの反応は、知らないことを指摘されて恥を掻《か》いた人が見せるような反応じゃない。もっと別のなにか。決して暴かれてはならない秘密を暴かれたような反応だ。

「知っている、とはなんのことでしょう？」

「それは……」

聞き返せば、ジークベルトは失言だったと言わんばかりに言葉を濁した。やはり、ジークベルトはアリアドネの知らない重要ななにかを知っている。

（もっと探りを入れるべき？　……いえ、いまはまだ情報が少なすぎる。どんな反応が飛び出してくるか分からない以上、危険を冒すべきじゃないわ）

下手に藪《やぶ》を突《つつ》いて、魔物でも飛び出してきたら対応できない。

「私がなにか失礼なことを口にしたのなら謝罪します。ですが、私がグランヘイムを名乗ることを禁止なさったのはラファエル陛下、貴方様のお父上でございます」

だから、兄と呼ぶことは出来ない――という会話に引き戻す。ジークベルトは少し考える素振りを見せた後、小さく息を吐いた。

「父上か……」

「はい。私がその約束を違《たが》えれば、ジークベルト殿下にもご迷惑を掛けることになります。ですから、どうかご容赦ください」

「いいだろう。いまはその言葉に納得しておいてやる」

ジークベルトはそう言って、ようやく立ち去っていった。

ひとまずは切り抜けられた。けれど、アリアドネの知らない秘密がありそうだ。回帰前を考えても、彼がこれで引き下がるとは思えない。

彼に従えば破滅だし、逆らい続けても破滅させられる可能性が高い。

だけど――と、アリアドネは胸のまえで拳を握りしめて過去と未来に思いを馳せる。

（過ちは繰り返さない。私が陥れた善良な人々には償いを。そして、私を利用した悪辣な人々には復讐を。回帰前の黒歴史を塗り替えて、破滅の未来を打ち破ってやるわ）

第2章

身内に潜む闇

Chapter 2

1

自分を陥れたジークベルトに復讐《ふくしゅう》を誓った矢先、その彼から手紙が届いた。

回帰前と少しだけ変わっているがおおむねは同じ内容。皇女宮の管理状態に懸念があるため、侍女の人事権を預けて欲しい——という申し出だった。

回帰前のアリアドネに頼るべき人は他になく、ジークベルトの申し出が唯一の希望のように思えてならなかった。だから回帰前は、その申し出に二つ返事で飛びついた。

「……いま考えると、これも黒歴史の一つよね」

自室のソファに身を預けていた彼女は、テーブルの上に手紙を放り投げた。

今回の襲撃事件の黒幕はほぼ間違いなくジークベルト。少なくともその関係者だ。そんな彼に皇女宮の人事権を与えるなど、どうぞ殺してくださいと言っているようなものだ。

もっとも、回帰前の結末を考えれば、彼の目的がアリアドネの殺害でないことは分かる。

回帰前。問題を抱えるたびに、都合よく現れて優しい声を掛けてくれる。そんなジークベルトに傾倒したアリアドネは、その身をなげうって彼のために尽くした。

彼の目的は皇女宮を支配し、アリアドネの情報を手に入れること。そうしてアリアドネを孤立させ、使い勝手のいいコマにするつもりなのだ。

（絶対、そんな恥ずかしい歴史は繰り返さない）

そう意気込むけれど、現実はままならない。ジークベルトの申し出はあくまで提案だが、その提案を断れば、今度こそ敵に回すことになる。

手駒に出来ないと見限れば、殺しに掛かってくる可能性が高い。

（早急に、彼に対抗しうる後ろ盾を手に入れる必要があるわ）

第一王子派を味方につける。

簡単なことではない。けれど、アリアドネは社交界の頂点に立った紅《くれない》の薔薇《ばら》にして、この世を騒がせた希代の悪逆皇女だ。かつては敵として徹底的に弱点を調べ上げたこともあり、第一王子派のことはよく知っている。

（たしか、明後日《あさって》は……）

日付を確認して、アリアドネは口の端に小さな笑みを浮かべる。そうして、ベルを鳴らして侍女を呼び出した。ほどなく、お付きの若い侍女シビラが姿を現す。

「お呼びですか、アリアドネ皇女殿下」

「ええ。貴女《あなた》にいくつかお願いがあるの」

「なんでしょう？」

「明後日の夜会に出席するから、ドレスの用意をお願い」

「や、夜会ですか？」

「ええ、お願いね」

よけいな質問は許さず、必要なことをするようにと促した。

それから母の部屋に立ち寄って母を見舞い、そこにいた医師にあるものを要求する。そうして準備をすませたアリアドネは、最後に執事長であるハイノのもとへと向かった。

執務室を訪ねると、彼は執務室で書類を整理していた。

「これはアリアドネ皇女殿下、なにかご用ですか？」

ハイノはペンを置いて席を立つと、アリアドネのまえまでやってきた。

「貴方《あなた》に一つお願いがあってきたの」

「お願い、ですか？　一体どのようなお願いでしょう？」

「母のもとに、明後日の夜会の招待状が届いているでしょう？　私が代行として出席するから、夜会の招待状を渡して欲しいのよ」

ハイノは瞬いて、それからテーブルの上に視線を送ると、再びアリアドネを見つめた。

「……アリアドネ皇女殿下。お母様のためになにかしたいという気持ちは痛いほど分かります。ですが、マリアンヌ皇女殿下は貴女の外出を認めていらっしゃいません」

「そうね。でも、いまそのお母様に、判断能力は残っていると言えるかしら？」

「それは、どういう……？」

「当主の判断能力が欠如したと認められた場合には、暫定的な措置として、その後継者が業務を引き継ぐことになる。貴方は知っているはずよ」

回帰前もそうだった。暫定的な措置でアリアドネがすぐに業務を引き継いだ。それも、皇女宮の総轄責任者の地位にある執事ハイノから言いだしたことだ。

回帰前と違ってマリアンヌは生きているが、執務をこなせないという意味ではなんら変わりがない。

「……たしかに、皇女殿下のおっしゃることはごもっともです。ですが、明後日の夜会というと、前王妃が主催するパーティーではありませんか。一応、招待状は届いておりますが、マリアンヌ皇女殿下は……」

「形だけの招待で、参加の予定はなかったのでしょう？」

「……ご存じでしたか」

小さく頷《うなず》くことで応じる。

マリアンヌは第二王子派のトップとも言える現国王のお手つきだ。そんな彼女が、第一王子派のパーティーに出席するはずがないことは火を見るより明らかだ。

だけど――

「ハイノ。貴方は、マリアンヌお母様に暗殺者を差し向けたのは誰だと思う？」

「アリアドネ皇女殿下っ！」

ハイノが慌てて周囲を見回す。

「心配せずとも、これ以上は口にしないわ。でも、私はそこに疑問を抱いたの」

ハイノをまっすぐに見つめる。

初老に至る執事の彼は、回帰を経たアリアドネよりも様々な経験をしているのだろう。清濁併せ持つ彼の瞳が、すべてを見透かすようにアリアドネの視線を受け止めた。

「……かしこまりました。どうぞ、御心《みこころ》のままに」

招待状を手に入れたアリアドネはすぐに夜会の準備を始める。シビラに用意させたのは、アリアドネが唯一持っているドレスだ。

そのドレスを身に纏い、姿見の前にたたずんだ。

青みを帯びたプラチナブロンドに、アメシストの宝石眼。身に付ける紅いドレスは素朴ながら、アリアドネの美しさを十二分に引き立てている。

にもかかわらず、鏡に映る自分の姿に物足りなさを感じた。そうして理由を考えたアリアドネは、すぐにその答えに思い至る。

（回帰前は、紅い薔薇の生花を身に着けていたわね）

紅の薔薇と呼ばれたゆえん。真っ赤な薔薇のように情熱的で美しく、トゲがある魔性の女。そんな自分を演出するために身に着けていた。

（以前のように身に着けてもいいけれど……）

脳裏に浮かんだのは、身を挺して自分を救おうとしてくれた母の姿。

「シビラ、お母様のアクセサリーを持って来て」

「すぐに用意いたします」

シビラがパタパタと走り去っていく。

ほどなく、彼女は宝石箱を持ったハイノを連れて戻ってきた。

「マリアンヌ皇女殿下のアクセサリーをご所望とうかがいましたが……」

ハイノに問われたアリアドネは、覚悟を秘めた宝石眼を向ける。

「今日のパーティーには、お母様のアクセサリーを身に着けて臨みたいの」

理由は口にしない。

アリアドネはジークベルトと戦う覚悟を決めた。その一歩を踏み出すために、母のアクセサリーを身に付けたいなんて、口にすることは出来ない。

それでも、ハイノはかしこまりましたと宝石箱を差し出してきた。

ぎゅっと握った手を胸に添え、アリアドネは宝石箱の中を覗き込む。

ダイヤが煌めく指輪や、アメシストが煌めくプラチナのブローチなど、様々な宝飾品が収められている。アリアドネは、その中にある紅い薔薇を象った髪飾りに目を留めた。

（これ、お母様がいつも付けていた髪飾りだ……）

母との数少ない想い出が脳裏をよぎる。

気が付けば、その髪飾りを手に取っていた。

「これにするわ」

「かしこまりました。きっと、マリアンヌ皇女殿下もお喜びになるはずです」

ハイノの何気ない一言に、けれどアリアドネは心を揺らす。

「……喜ぶ？　お母様が？」

「はい、必ずお喜びになられます」

「……そう。そうだったら……いいのにね」

アリアドネは寂しげに笑って、髪飾りを自らの髪に飾った。

こうして準備を終えたアリアドネは、馬車でパーティーの会場へと向かう。受付で招待状を渡し、会場に足を踏み入れたアリアドネはさっそく注目の的だ。

「まだ幼いけれど、とても美しいお嬢さんね。どこのご令嬢かしら？」

「待て……あれは宝石眼ではないか？」

「宝石眼？　まさかそれは……」

「ああ。レストゥール皇族の象徴だ」

「なら、あの娘は……っ」

周囲のざわめきが大きくなる。

レストゥールの皇族は、政変に負けてグランヘイムを追放された王族の末裔《まつえい》だと言われている。にもかかわらず、愚《おろ》かにもグランヘイム国に戦争を仕掛けて返り討ちに遭った。

首謀者である皇族が見せしめに殺される中、唯一グランヘイムの離宮で生きることを許された皇族のマリアンヌ。その話だけでもタブーに近いのに、アリアドネはそのマリアンヌと現国王のあいだに生まれた婚外子だ。

第一王子派にとって、彼女は招かれざる客でしかない。

それでも、アリアドネは悠然と会場を歩く。

自分にはなに一つやましいことなどないというアリアドネの毅然とした振る舞いに、周囲の声は己を恥じるように小さくなっていった。

そんな中、アリアドネが探すのは前王妃であるイザベルの姿だ。しかし、彼女がイザベルを見つけるより早く、第一王子派の貴族令嬢が立ちはだかった。

「貴女、忘れられた皇女様よね、どうしてこんなところにいるのかしら？」

ピンクゴールドのツインテールはウェーブが掛かっていて、緑色の瞳は強気な輝きを放っている。扇子を片手に腕を組む彼女はアシュリー、グラニス伯爵家のご令嬢だ。

回帰前にも、彼女とはなにかとやりあった記憶がある。

「貴女、私のファンかなにかなの？」

「は、はあ!?　そんなはずないでしょ!?」

「あら、そう？　だけど、忘れられた皇女であるはずの私をしっかり覚えているのよね？　そんな奇特な人、私のファンでもなければあり得ないと思わない？」

私が戯《おど》けてみせると、周囲からも失笑が零《こぼ》れた。自分が笑われていると感じたのか、アシュリーの顔が真っ赤に染まる。

（悪い子ではないんだけど、ちょっと直情的すぎるのよね）

「そ、そんな訳ないでしょ！　その瞳よ、皇族の証《あかし》じゃない！」

「あぁ、なるほど。つまり、私が皇族だって確信しながら、高貴なるグラニス伯爵家のご令嬢ともあろう貴女が、そんなふうに礼儀を逸した態度を取っている、という訳ね？」

「なっ!?　そ、それはその……」

たしかに、伯爵よりも皇族の方が上位になる。だが、アリアドネに対して礼を失した態度を取ったとしても、レストゥール家にそれを咎《とが》める力はない。

けれど、それを他の貴族達の前で指摘されたことで反論できないでいる。

回帰前からそうだったけれど、彼女は単純で扱いやすい。敵にはあたりが強いけれど、決して悪人にはなれないタイプだ。

「……というか、私のことを知っているの？」

「もちろん、貴女のことはよく知っているわよ。グラニス伯爵家のアシュリーといえば、魔術アカデミーで優秀な成績を修める、可憐《かれん》なお嬢様として有名だもの」

「そ、そんな風に噂《うわさ》されているの？」

「ええ。そして、本人は噂よりも綺麗《きれい》だったと感心しているところよ。同じくらい、皇女に突っ掛かる考えなしでもあるんだなぁとも、感心しているけれど」

「あ、貴女ね。褒めるか貶《けな》すかどっちかにしなさいよっ」

「事実を口にしているだけよ」

アリアドネが微笑《ほほえ》めば、アシュリーは拳を握り締めて悔しげに震えた。

「未来ある令嬢をもてあそぶのはそれくらいにしておいてくれませんか？」

不意に声を掛けてきたのはアルノルトだ。

サラサラの金髪に縁取られるのは、利発で優しそうな顔。エメラルドのように澄んだ瞳を持つ、この国の第一王子だ。

彼が微笑めば、多くの令嬢が心を奪われるだろう。

アリアドネは即座にカーテシーで応じ、本来よりも少しだけ深く頭を下げた。

回帰前に彼を毒殺した、その罪悪感を隠すためだ。

「アルノルト殿下、お初にお目に掛かります」

気持ちを切り替えたアリアドネが微笑みかければ、アルノルトはほうっと息を吐いた。

「……なるほど、貴女がアリアドネ皇女殿下ですか」

「アルノルト殿下は私をご存じなのですか？」

「そういう貴女も。っと……そのまえに、アシュリー嬢、貴女のお母様が庭園で探していらっしゃいましたよ」

「え？　あ、あぁ。わざわざありがとうございます」

アシュリーはお礼を言って立ち去っていった。

「逃がしてあげるなんて優しいんですね」

母親が探しているというのは方便で、目的はアリアドネと引き離すことだろう。そう指摘すれば、アルノルトはふっと笑みを零した。

「最初は貴女を助ける予定だったのですが」

「それは……申し訳ありません？」

「いいえ、ちょうどよい機会を得られました。貴女とは一度、二人で話してみたいと思っていましたので」

アルノルトは茶目っ気たっぷりに笑う。回帰前のアリアドネなら、この微笑みにやられていたかもしれない。だけど、アリアドネは悠然と微笑みを返した。

「あら、アルノルト殿下と二人で、ですか？　それは大変に魅力的なお誘いですわね。ですが私は、イザベル前王妃とお話ししたいと思っているのですが」

「母上に会いに来られたのですか？」

アリアドネの返しは予想外だったのか、アルノルトは驚いた顔をする。

「……なるほど。それで夜会に。……いいでしょう。目的は分かりませんが、貴女が望むのなら母上を紹介いたしましょう。ただし、私が同席することが条件です」

「その好奇心が強いところ、変わりませんわね」

「……え？」

「いいえ、独り言ですわ。それでは、エスコートしてくださいますか？」

「ええ。お手をどうぞ、アリアドネ皇女殿下」

アルノルトの腕を取って、夜会の会場を進む。

美男子と美少女。それも、対立派閥に属する王子と皇女。そんな組み合わせに周囲の視線が集まる中、二人は悠然と会場を進んだ。

だが、そんな会場の空気を女性の悲鳴が切り裂いた。

「――っ。まさか、こんな早くにっ⁉」

「え、アリアドネ皇女殿下？　――っ。どこへ行かれるおつもりですか！」

悲鳴の出処《でどころ》を目指して全力で駆け出す。夜会に出席する招待客の隙間を駆け抜ければ、絨毯《じゅうたん》の上に倒れ伏すイザベル前王妃の姿が目に入った。美しいドレスを身に纏っているが、その顔色は酷《ひど》く青ざめて苦しそうだ。

人混みを押しのけてイザベルの前に膝を突き、側《そば》にいる侍女に向かって叫ぶ。

「――そこの貴女、なにがあったのか説明なさい！」

「え、あ、貴女は？」

「いいから、状況の説明！」

「は、はい！　談笑なさっていたイザベル前王妃が突然倒れられて……」

「――談笑？　そのとき、なにか口にしていなかった？」

「あ、そういえば、ワインを――」

視線の先、絨毯の上に落ちたワイングラス。アリアドネはそのグラスに残っている、ワインの雫《しずく》を手のひらに落として口に含んだ。

わずかだが、フェルモアの毒特有の味がする。

それを確認したアリアドネは口に含んだワインをハンカチに吐き出し、続けてドレスの胸元に手を差し入れて対象の解毒剤を選び取った。

「解毒薬です、飲んでください！」

苦しむイザベルの頭を抱き上げて、その口元に蓋を開けた薬瓶を近付ける。イザベルは苦しそうな表情を浮かべながらも、アリアドネの顔をじっと見つめる。

「イザベル前王妃、貴女が飲んだワインにはフェルモアの毒特有の甘味が感じられました。そして、この薬瓶の中身はその解毒剤です。私を信じて解毒剤を飲むか、医師が薬を持ってくるのを待つか……どうか、ご決断を」

イザベルが弱々しく頷く。それを見て再び薬瓶を口元に寄せると、彼女はその中身を飲み干した。ほどなくして、彼女の表情が少し穏やかになる。

そこへ騎士達が現れ、アリアドネを取り囲んだ。

「アリアドネ皇女殿下、我々に同行していただけますね？」

「もちろん。私は逃げも隠れもいたしませんわ」

騎士達に包囲されてもなお悠然と微笑む。

アリアドネは会場にいる他の誰よりも美しかった。

2

王城の広大な敷地内にある、イザベル前王妃とその家族が暮らす離宮。

その中にある客間に軟禁されたアリアドネは物思いに耽《ふけ》っていた。もしもイザベルになにかあれば、自分は厄介な立場に立たされることになるだろう、と。

だがフェルモアの毒は、ワインに混ぜられた程度の摂取量で死に至ることはない。事実、回帰前のイザベルも一ヶ月ほどで復帰している。

今回の事件は脅しのようなものだ。

なにより――

(今回はすぐに解毒剤を投与した。大事には至ることはないわ)

もちろん、世の中に絶対はない。それでも、アリアドネは凛《りん》とした態度を崩すことなく、軟禁された部屋の中で、静かに時が来るのを待っていた。

ほどなく、部屋に現れたのはアルノルトだった。そして彼は護衛の騎士を連れていない。賭けに勝ったことを確信したアリアドネは立ち上がり、優雅にカーテシーをする。

「お待ちしておりましたわ、アルノルト殿下」

「……申し訳ありません。ことがことだけに、念のための処置が必要だったんです」

「あら、拘束されたことを揶揄《やゆ》した言葉ではありませんわ。アルノルト殿下が自ら訪ねてきたということは、イザベル前王妃はご無事で、既に私の容疑は晴れている、ということでしょう？」

「ああ、これは失礼を。貴女の言葉を取り違えていたようです」

「気にしませんわ。それに、イザベル前王妃が毒を盛られた以上、関係者を拘束するのは当然のこと。なにより、私を保護する必要もあったのでしょう？」

イザベルが毒に倒れ、その直後に接触した唯一の皇女。

（私が黒幕なら、そんな機会は見逃さないわ）

アリアドネを自殺に見せ掛けて殺し、イザベルに毒を盛ったことを告白する遺書を用意する。そうやって事件を闇に葬りつつ、邪魔なアリアドネを排除する。

（でも、ジークベルト殿下なら別の手を使いそうね）

アリアドネを容疑者に仕立て上げ、裁判を開いて精神的に追い詰める。そうして最後には真犯人を告発して、何食わぬ顔でアリアドネに恩を売りつけるのだ。

「……貴女は15歳、でしたよね？」

不審の目を向けられ、アリアドネは可憐に微笑んでみせた。

アルノルトから見れば二つ年下だ。本来であれば大きな隔たりのある年頃だが、回帰前の人生を経た彼女の笑みは、同世代の少女には出せない色気がある。

その証拠に、アルノルトの顔が赤く染まった。

（ふふっ、照れちゃって。この頃のアルノルト殿下は可愛《かわい》いなぁ）

この皇女、完全にお姉さん目線である。

「それで、私は無罪放免なのですか？」

「ええ、もちろんです。ですが、そのまえに――」

「――わたくしからもぜひ、お礼を言わせていただけるかしら？」

後から現れたのはイザベルだった。

アリアドネは膝を曲げ、最上位のカーテシーで迎える。

「さきほどはご挨拶も出来ず、申し訳ありません」

「非常事態だったのだから気にする必要はないわ。それよりも、わたくしの命を救ってくれたことに感謝しなくてはね。それに、貴女には聞きたいこともあるのよ」

「なんなりとお聞きください」

かしこまれば、落ち着ける場所で話しましょうと移動を促される。そうして案内されたのは応接間。それも、重要な人物と会うときに使うであろう最高グレードの部屋だ。

足が埋もれそうなほど深い絨毯が敷かれ、その真ん中に大理石のローテーブルが置かれている。それを挟むように設置された、これまた身体《からだ》が埋まりそうな柔らかいソファにその身を預けた。

アリアドネの向かいにはイザベルが座り、斜め向かいにはアルノルトが同席している。

「まずは、お礼を言わせていただくわ。アリアドネ皇女殿下、貴女の迅速な処置のおかげで、わたくしは一命を取り留めることが出来た。この恩は決して忘れないわ」

前国王亡き後、たった一人で現国王から自らの地位を守り続けた女傑《じょけつ》。そんなイザベルから直接お礼を言われるほど名誉なことは滅多にない。

回帰前のアリアドネなら浮かれていただろう。

だから――

「イザベル前王妃にそう言っていただけるなんて、とても光栄ですわ！」

胸のまえで両手を合わせて、ぱーっと顔を輝かせてみせた。

「……あら、そのように光栄に思ってくれるのね。たしか、貴女のお父様はラファエル国王陛下だったと思うのだけど」

「はい。でも、お父様とは会ったことがありませんから」

貴女は第二王子派なのでは？　という探りに対して、そんなの知らないよと答える。

まるで幼い子供のような振る舞いをするアリアドネをまえに、イザベルはわずかに目を細めた。

「そういえば、貴女はレストゥールを名乗っているのだったわね。じゃあ、もう一つの質問をしてもいいかしら？」

「なんでしょう？」

「貴女はワインを口に含んで、すぐにフェルモアの毒だと気付いたわね？　それに、解毒剤も持ち歩いていた。それは一体どうしてかしら？」

イザベルの表情が鋭くなった。間違いなく、彼女の本題はこれだ。アリアドネが都合よく解毒剤を持って現れたことを疑っているのだろう。

だが、その質問はアリアドネにとっても想定の内だ。

だから、その答えも用意してある。

「……実は、お母様も同じ毒を盛られたんです」

「──っ。マリアンヌ皇女殿下が？　たしかにレストゥールの皇女宮に慌ただしい動きがあったことは摑《つか》んでいたけれど……まさか、そんなことがあったなんて」

どうやら、そちらの件は知らなかったようだ。

（情報網の問題ではなく、レストゥールの皇族に興味がなかったのでしょうね）

彼女にとって、自分は重要人物じゃない、ということ。だが、それでは困る。もう少し、彼女の興味を惹《ひ》く必要がある――と、そんな風に考えていると、アルノルトが口を開いた。

「マリアンヌ皇女殿下はご無事なのですか？」

「はい。なんとか一命は取り留めました。ただ、後遺症が酷くて起き上がることはできません。回復するかどうかは……」

「そ、それは、なんと言えばいいか……」

アリアドネが寂しげに笑えば、よけいなことを聞いてしまったとばかりにアルノルトが項垂《うなだ》れる。それを見ていたイザベルが、閉じた扇を手に当ててパチンと音を鳴らした。

「息子が失礼したわね」

「いいえ、イザベル前王妃が気になさる必要はありませんわ。とにかく、そんなことがあった後なので、解毒剤を持ち歩いていたんです」

胸元から複数の薬瓶を取りだせば、アルノルトが全力で顔を背けた。

それを横目に、イザベルが苦笑する。

「解毒剤を持ち歩いていた理由は理解したわ。だけど、そのようなことがあったにもかかわらず、わたくしの夜会に出席することにしたのは何故《なぜ》かしら」

イザベルがこの夜会で毒を盛られることを知っていたから――などと言えるはずがない。ましてや、ジークベルトに狙われているから、恩を売って第一王子派に護《まも》ってもらおうと思って――などとは口が裂けても言えない。

アリアドネはあらかじめ用意していた言い訳を口にする。

「……実は、お母様がいつも言っていたんです。もし自分になにかあれば、イザベル前王妃のもとを訪ねなさい――と」

「マリアンヌ皇女殿下がそのようなことを？」

「はい。理由までは教えてくれませんでしたけど……」

ここでよけいな言い訳を口にする必要はない。

女傑と名高いイザベルならば必ず、マリアンヌが第二王子派を警戒していた――という、アリアドネが用意した答えにたどり着くはずだから。

「……そう。事情は分かったわ。そういう事情ならば、貴女のお母様には感謝しなくてはね。その言葉のおかげで、わたくしは命を救われたのだもの。もちろん、その言葉に従った貴女にも感謝するわ」

イザベルは穏やかな瞳をアリアドネに向けた。

（どうやら、私が用意した答えにたどり着いてくれたようね。それに私のことも、母に命じられたことをしっかりとこなす程度には優秀――という印象を持ってくれたかしら？）

アリアドネがあれこれ画策したと知られれば、色々と疑われることになる。

けれど、命じられたことを的確にこなす程度という認識ならば、アリアドネ自身が疑われることはない。

次に疑いが向くのはマリアンヌだが、彼女は臥《ふ》せっているので警戒されることはない。

これこそ、アリアドネが望んだ状況だった。

「さて、アリアドネ皇女殿下。なにかわたくしにして欲しいことはないかしら？」

「して欲しいこと、ですか？」

願いは最初から決まっているが、アリアドネは分からない振りをする。

「息子のお嫁さんにして欲しい、とかでもかまわないわよ」

アルノルトがひゅっと喉を鳴らした。

「は、母上!?　なにをおっしゃるのですか！　と、突然そんなことを言って、アリアドネ皇女殿下に迷惑ではありませんか！」

「アルノルト、落ち着きなさい。冗談に決まっているでしょう？」

「え、冗談？　あ、あぁ、そうですよね。冗談……そうですか」

「もっとも、貴女はまんざらでもなさそうね？」

アリアドネに視線を戻したイザベルが目を細めた。

「……実のところ、そういう契約を考えていたのは事実です」

「――ア、アリアドネ皇女殿下!?」

アルノルトが動揺する。だがイザベルはその落ち着いた態度を崩さなかった。そうして、続けなさいと、無言で促してくる。

「さきほど申しましたが、お母様が臥せっております。その隙を狙うように、第二王子派からの介入がありました。その介入を阻止して欲しいのです」

「それはつまり、結婚による取引を望む、ということかしら？」

アリアドネはゆっくりと首を横に振った。

「理想ではありますが、さすがにそこまで恥知らずなお願いをするつもりはありません。いまの私ではアルノルト殿下の婚約者に相応《ふさわ》しくありませんから」

「……まあ、そうかもしれないわね」

「はい。なので、介入の阻止だけでもお願いできれば、と」

当初の予定では、もう少し上手《うま》く交渉をするはずだったのだ。だが、いきなりイザベルが倒れたせいで、ろくに交渉をすることも出来なかった。

アリアドネが提案しているのは、当初の予定とは違う次善策だ。

「介入の阻止、ね。でも、わたくしがそのようなことをすれば、貴女は第一王子派に所属したと思われるでしょうね。その場合、かえって自分の首を絞めることになるはずよ？」

「いずれはアルノルト殿下に付く覚悟はあります。ですが、いまはまだそのときではありません。それゆえ、とても自分勝手な願いで、心苦しいのですが……」

「あぁ、そういうこと。貴女はあくまで中立というスタンスを貫くけど、命を救われたわたくしが貴女を気に入ったという体で、勝手に第二王子派を牽制《けんせい》すればいいのね」

この上なく自分勝手なお願いだ。はいと口にするほど不遜《ふそん》な態度は取れない。けれど、そうではないと否定することもない。アリアドネは無言で、イザベルの視線を受け止めた。

「……一つ聞かせてくれるかしら。本心では、第二王子のことをどう思っているの？」

その問いに、アリアドネは自らの感情を乗せて微笑んだ。ひと目見ただけならば普通の笑顔。だが、見る者が見れば、その奥に秘められた憎悪に気付いたことだろう。

それを見たイザベルは目を見張って、それから扇で口元を隠して笑い声を上げる。

「そう、そうなのね。いいわ。貴女を陰ながら支援しましょう」

「ありがとう存じます」

古い言い回しを使って最上級の感謝を告げる。

「これはお礼なのだから、貴女が感謝を口にする必要はないわ。それより、どのような介入をされているのか、具体的な内容を聞かせなさい」

「はい。現在、ジークベルト殿下から、皇女宮の管理状態に懸念があるとして、侍女の人事権の委譲を求められています」

「まあ、なんて恥知らずな。侍女の人事権は、主人にとっての生命線よ。それを預けろだなんて、ずいぶんなことを口にするのね」

「牽制をお願いできますか？」

「いいでしょう。ただし、連絡役として侍女を一人、貴女に受け入れてもらうわ」

連絡役と言っているが、密偵みたいなものだろう。第二王子とやっていることはほぼ同じだが、想定通りでもある。

なにより、彼女の密偵なら馬鹿な真似《まね》をすることもないだろう。

敵意がないと証明する意味でも悪い提案ではなかった。

「問題ありません」

「交渉成立ね。後のことは任せておきなさい」

感謝の言葉を残し、アリアドネが退席していく。その後ろ姿を見送った後、アルノルトが母のイザベルに視線を向けた。

「母上、よろしいのですか？　あのような条件でアリアドネ皇女殿下を支援すれば、レストゥール皇族を強引に取り込もうとしている——と、周囲に思われかねませんが」

「だからこそ、恩返しになるのではありませんか。それに……」

イザベルは言葉を濁し、アリアドネとのやりとりを思い返す。

アリアドネは大人びた言動の中に時折、子供っぽい言動を滲《にじ》ませていた。普通であれば、大人ぶる少女が、思わず素の姿を見せてしまった結果と考える。

けれどそれが事実ならば、イザベルが毒に倒れたとき、あのように冷静に振る舞えるはずがない。大人ぶった子供だったなら、不測の事態に取り乱したはずだ。

なのに、アリアドネは誰よりも冷静だった。

（あれが本当の彼女。なら、大人びた子供を演じて周囲の油断を誘うほど、成熟した精神を持つ少女、ということになるわね。普通に考えればあり得ないことだけど……）

只者《ただもの》でないことだけはたしかだ。それに、ジークベルトをどう思っているのかと聞いたとき、彼女が滲ませた憎悪は本物だった。

マリアンヌが暗殺者に襲撃されたことを考えれば、つまりはそういうことなのだろう。

もちろん、彼女達がなぜ第二王子派に狙われているのかまでは分からない。

けれど――

「彼女に手を貸しておいて損はないはずよ。場合によっては本当に、彼女との結婚を考えてもいいでしょう。だから、貴方も出来るだけ仲良くしておきなさい。……なんて、わざわざ言うまでもないことのようね？」

「な、なんのことか分かりかねます」

分かりやすいくらいに動揺する息子の横顔を眺め、イザベルは小さく笑った。

3

ジークベルトに侍女の人事権を奪われないようにする目算は立った。けれど、既に内通者が入り込んでいることを忘れてはならない。

だから――

夜会から帰った翌日の昼下がり、アリアドネはある計画を実行に移す。

「シビラ、フード付きのローブを用意して」

「……フード付きのローブなんて、なにに使うのですか？」

「えへへ、フード付きローブで変装してハイノを驚かすのよ！」

15歳の見た目相応に笑う。まるでいたずらっ子のように振る舞えば、シビラは仕方ありませんねと溜《た》め息《いき》を吐《つ》いて、フード付きローブを用意してくれた。

「ありがとう。それじゃ、脅かしてくるわね！」

ローブを小脇に抱えて部屋を飛び出した。アリアドネはすぐに人気のない部屋に飛び込んで、シビラに用意させたフード付きローブを身に纏う。

ローブでドレスを隠し、フードを目深に被《かぶ》って特徴的な容貌を隠す。そうして自分の正体を隠したアリアドネは、開け放った二階の窓から身を躍らせた。

魔術で落下速度を制御して、ふわりと地面に降り立つ。すぐに周囲に人がいないことを確認して注意深く進み、外壁を飛び越えて皇女宮から抜け出した。

目指すは、城下町の端にあるスラム街だ。

殺しや人身売買はもちろん、報酬さえ支払えばどんな悪事でもやってくれる極悪非道の闇ギルド——黒い月。回帰前のアリアドネは、よくそのギルドを利用していた。

だが、いまアリアドネが目指しているのは黒い月ではない。悪逆非道の闇ギルドを率い、その身を滅ぼした過ちを繰り返すつもりはない。

ゆえに、アリアドネが目指すのは黒い太陽。

黒い月と対立する闇ギルドだ。

法に触れるような存在であることに変わりはないが、彼らは自身の信念に反するような行為は決してしない。黒い月が狂犬ならば、黒い太陽は猟犬と言えるだろう。

その黒い太陽は、回帰前のアリアドネにとって邪魔な存在だった。

だから――徹底的に潰した。黒い月を操って彼らの弱点を調べ上げ、決して自分の邪魔を出来ないように徹底的に壊滅させた。

(でも、弱点を知り尽くしているなら、味方につけることも出来るはずよ)

スラム街へ足を運んだアリアドネは、記憶にある酒場へと足を踏み入れる。ランプの灯《あか》りに照らされた薄暗いフロア。昼下がりだというのに複数の男達が酒を飲んでいた。

アリアドネはそんな酒場の奥へと進む。フード付きローブで容姿を隠しているが、その小柄な身長までは隠すことが出来ない。酒場のマスターがアリアドネのまえに立ちはだかった。

「ここは子供の来る場所じゃねぇぜ、ガキはさっさと家に帰んな」

「マスターはいるかしら？」

「あ？　なにを言ってやがる。マスターは俺——というか、その声……女か？」

戸惑う酒場のマスターを前に、アリアドネはフードを少しだけ持ち上げた。そうして酒場のマスターに自らの風貌を露《あら》わにして不敵に笑う。

「宝石の乙女が、長きにわたる太陽と月の戦争を終わらせに来たわ」

ほどなく、アリアドネは酒場の奥にある隠し扉の向こう側、黒い太陽のアジトへと案内された。その一室に足を踏み入れると、ソファに座った隻眼《せきがん》の男と、それに侍《はべ》る若い女が迎える。

そして彼らの背後には、護衛らしき男達が並んでいた。

「宝石の乙女というのはおまえか？」

「アリアドネよ」

アリアドネは隻眼の男と若い女性、続けて護衛の男達の顔を確認し、それからフード付きローブを脱ぎ捨てた。宝石眼が露わになり、隻眼の男と若い女が二人揃《そろ》って目を見張る。

「……本当にレストゥールの皇女かよ。こんなところになんの用だ？」

「言ったでしょう。太陽と月の戦争を終わらせに来た、と」

「クソッタレな黒い月の弱味でも教えてくれるってか？」

隻眼の男――黒い太陽のマスターであるキースが、小馬鹿にするように笑った。だが、そんな風に見下していられたのは、アリアドネが次の言葉を口にするまでだった。

「その背後にいる、ウィルフィード侯爵の弱味も付けてあげるわ」

「――っ。おまえ、どこまで知って――っ。てめぇら、下がってろ！」

キースが荒々しく叫び、背後に並んでいた護衛達を下がらせた。

「……おまえ、いまの話をどこで――なっ!?」

問い詰めようと身を乗り出したキースが息を呑《の》む。ローテーブルの上に、アリアドネが片足のヒールを叩《たた》き付けたからだ。

「無礼な口を利くのは許してあげる。だけど、私のまえで下品な言葉を使うのは止《や》めなさい。じゃなければ、生まれてきたことを後悔することになるわよ？」

「は？　あ、あぁ、クソッタ……いや、なんでもない。分かった、もう言わない」

アリアドネはじぃっとキースの顔を覗《のぞ》き込《こ》み、ほどなくテーブルの上から足を下ろした。それからローブを脱いでソファの上に広げ、自らはその上に座る。

「……変な嬢ちゃんだな」

キースが肩をすくめた。それを見た、キースに寄り添う女性が口を開く。

「あら、私はとても可愛らしいと思うけど。あ、こんな風に話しかけても怒らない？」

「……下品な言葉さえ使わなければ好きになさい」

「ふふ、ならそうさせてもらうわ」

嬉《うれ》しそうな声を上げる。女性はブラウンの髪は後ろで纏め上げ、身に着ける服は胸元のボタンを外し、その谷間を見せつけるように開いている。

キースの情婦を装う彼女はけれど、知性的な瞳でアリアドネを見つめている。

(そう、この女性がソニアね)

「……それで、おまえはどこまで知っているんだ？」

キースが警戒心を隠そうともせずにアリアドネを詰問した。

「すべて……というのは少し大げさかしら。貴方の名前はキース・カント。いまは滅んだカント男爵家の跡取りで、家を滅ぼしたウィルフィード侯爵を怨《うら》んでいるのでしょう？」

「……その話をどこで知った？」

「あら、話はまだ終わっていないわよ。ウィルフィード侯爵が貴方の家を潰したのは、貴方の妹、ソニア・カントを愛人にしたいという侯爵の提案を断ったから、でしょう？　そして、その可愛い妹こそ、貴方の隣で情婦のフリをしているお嬢さん、よね？」

ソニアはその表情を変えなかった。そして、キースも表情は変えなかった。けれど、キースはそっと、ソファの背もたれの隙間、そこに隠した武器に手を伸ばした。

「――試してもいいけれど、無駄なことは止めておきなさい。それに、私の目的は貴方達を傷付けることじゃないわ。じゃなければ――もう殺しているもの」

パチンと指を鳴らせば、キースのまえに置かれたワインボトルの上半分が滑り落ちた。目の肥えた者が見たならば、それが魔術、それも精密な操作で風を操った結果だと気付いただろう。ソファの隙間に伸びていたキースの手がピタリと止まった。

しばし、アリアドネとキースの視線がぶつかり合う。アリアドネは悠然と座っているだけであるにもかかわらず、キースの額に汗が浮かび、その汗が彼の膝の上に滴り落ちた。

「……そこまでの情報を口にしながら、俺達を傷付けるつもりはない、だと？」

「信じるか信じないかは貴方達次第。でも、私は敵対したくないと思っているわ」

回帰前のアリアドネは、黒い月を使って彼らを破滅へと追いやった。黒歴史を塗り替えるため、自らが虐げた者には償いを――が、アリアドネの信念である。

「……いいだろう。ひとまず話を聞いてやる。それで、おまえの目的はなんだ？」

「言ったでしょう、情報を教えてあげるって。もちろんその見返りはいただくけど……貴方達の流儀に反することはないはずよ」

「その見返りになにを求める？」

「そうね、まずはある連中の身辺調査かしら」

「……まずは？」

殺気を向けられるが、アリアドネはそれを平然と受け止めた。

「身辺調査程度で釣り合う対価だと思っているの？」

「そうやって、俺達にずっとただ働きをさせるつもりじゃないだろうな？」

「働きに応じた情報を渡す、というのはどうかしら？」

「その情報が気に入らなければ、次から依頼を受けなければいいというわけだな。それならば受けてもいい……と言いたいところだが、俺達の情報をどこから得たのか教えてくれなければ、心配で協力するどころではないな」

「私の情報源は聞いても無駄よ。ただ、貴方達の中にいる黒い月の内通者、仲間を裏切った許されざる男のことなら教えてあげられるわ」

回帰前の情報を存分に使う。

黒い月にしてみれば、自分達を率いていたボスが裏切ったようなものだ。たまったものではないだろうが、アリアドネがそれを後ろめたく感じることはない。

なぜなら、マリアンヌを襲った暗殺者は、黒い月の一員だったからだ。先に裏切ったのは向こう……というか、アリアドネは最初から裏切られていたのだ。

（母に手を出したこと、必ず後悔させてやるわ）

「……いいだろう。最初に俺達が望む情報はそれだ」

「交渉成立ね。……半年前、橋の下で行き倒れていた男を拾ったでしょう？」

「あいつが？　それは事実なのか？」

「内部情報を纏めたメモを、定期的にある家に投げ入れているはずよ」

「……そうか。それで、そっちの頼みというのは？」

アリアドネは隠し持っていた書類をテーブルの上に放り投げた。

「皇女宮に勤める侍女でありながら、主《あるじ》を裏切った不届き者達よ」

「……不届き者？　既に確認済み、ということか？」

「証拠はないけどね」

厳密にいえば、回帰前にジークベルトが主導しておこなった侍女の入れ替えで、内通の疑いはないと判断されて残された三人だ。

だけど、そんなはずはない。

状況から考えて、最初から裏切っていたのはその三人だ。

「じゃあ、おまえが求めるのは証拠か？」

「いいえ、確認はこちらでするわ。証拠は……なければ作ればいいし。だから貴方達には、この者達の身辺調査、脅迫材料になりそうな弱味を探してもらいたいの」

「……恐ろしい嬢ちゃんだな」

「あら、私が恐ろしい目に遭わせるのは悪人だけよ」

「正義とか悪とか、立場によって変わると思うんだが？」

「当然、善悪は私が決めるわ」

静かに笑うアリアドネをまえに、キースはやれやれとばかりに肩をすくめた。


アリアドネが退出した後。

ソファに座っていたキースが盛大に息を吐いた。

「……まったく、なんだ、あの化け物は。たしか、まだ15かそこらのはずだろ？　なのに、あの殺気はなんだ？　まじで殺されるかと思ったぞ」

この業界は舐《な》められれば終わりだ。だからキースは何度か、アリアドネに対して脅しを掛けようとした。だが、彼女の殺気に晒《さら》されて動けなかった。

「たしかに、確実に何人かは殺してそうな目をしてたわよね。それに、証拠がなければ作ればいいとか、さらっと恐ろしいことを言ってたし。闇ギルドより悪っぽいわ」

軽口を叩くが、ソニアの額にも汗が浮かんでいる。

「……まあ、敵対しないって言うならそれでいいさ」

「彼女の言葉を信じるの？」

「俺達の正体と目的を知っているんだ。俺達を潰すつもりならそれらを暴露しているさ。もちろん、すべてを鵜呑《うの》みにするつもりはないが、ひとまずは信じてもいいだろう」

ウィルフィード侯爵家に自分たちの素性を流されるだけでも破滅する。敵対するつもりなら、こんな回りくどいことをする必要がないのだ。

まるで、首に剣を突き付けられながら、この状況で殺さないんだから信じて——と言われているようなものだ。

「なら、彼女の言葉が事実であることを前提に動いた方がよさそうね。皇女宮の方の調査は、私が担当するわ。皇女宮のお姫様が味方なら、雇用枠くらいなんとかしてくれるでしょう」

ソニアはそういって後ろで纏めていた髪を解《ほど》く。続けて胸元のボタンを留めれば、その身に纏う妖しげな雰囲気がなりをひそめる。

いまの姿なら、平民に扮《ふん》したお嬢様と言っても通用するだろう。

「あまり、貴族にかかわらせたくないんだがな」

「心配してくれるのは嬉しいけど、このまま逃げ続けることは出来ないでしょ？　兄さんもそれが分かっているから、彼女の提案に乗ったんじゃないの？」

「たしかに、乗るだけの価値はある、か」

貧乏貴族の生まれではあるが、二人は幸せな人生を送っていた。大切な家族や、家族のように接してくれる使用人達との幸せな日々だ。

それを、高位貴族の欲望によって奪われた。それを許せるはずがない。だから、闇ギルドに身を置いて、ずっと復讐の機会をうかがっていたのだ。

その機会がようやく巡ってきた。

だから――

「俺達の復讐を」

「――始めましょう」

スラムの闇に憎悪を潜ませていた兄妹《きょうだい》が胎動を始めた。

4

闇ギルドに情報収集を依頼してから数日が過ぎたある日。アリアドネは自室に籠もり、魔力や体力を増やす訓練をおこなっていた。

回帰前のアリアドネは社交界を生き抜く技術を優先していたため、魔術や体術を学び始めるのが遅く苦労した。そうして得た技術は回帰後も引き継いでいるが、身体的な状態は回帰前の当時に戻っている。

ゆえに、いまのアリアドネには、技術はあっても魔力や体力がない。その欠点を補うために、アリアドネは自己トレーニングを続けていたのだが……

(……この頃の身体は面白いくらい成長するわね)

体力はそれなりだけど、成長期の魔力は面白いように伸びる。

回帰直後は見習い魔術師くらいの魔力量しかなかったが、いまや中級魔術師くらいの魔力を手に入れた。それは、回帰前と比べても驚異的な成長速度だった。それが楽しくて、もっと魔力を増やそうと力を込める。だが、ノックに邪魔をされた。魔力を霧散させたアリアドネは、どうぞと訪問者を招き入れる。

やってきたのはアリアドネお付きの侍女、シビラだった。

「アルノルト殿下がお越しです」

「……はい？」

想定外のことに混乱する。

（アルノルト殿下がどうしてここに？　いえ、たしかに、皇女宮は王族なら誰でも訪ねることが出来るわよ？　でも、ここはジークベルト殿下の密偵がいるのよ？）

分からない。分からないけれど、ここで会わないという選択はない。そう判断したアリアドネは、中庭にお茶の席を用意するようにと侍女に命じた。


ほどなく、中庭にテーブル席が設けられた。その席にアルノルトとアリアドネが向かい合って座り、侍女や護衛は声が届かないところまで下がらせる。

「アルノルト殿下、どうしてお越しになったのですか？」

「迷惑でしたか？」

アルノルトが捨てられた子犬のような顔になった。

（え、え……？　あのアルノルト殿下が。敵として最後まで私を苦しめたあのアルノルト殿下が、私が少し素っ気なかったくらいで、どうしてそんな顔をするのよ？）

「え、えっと、迷惑ではありません」

「本当ですか？」

「はい。ですが……この皇女宮にはいまだ第二王子派の密偵が紛れ込んでいます。貴方がここに来たこともすぐに伝わるでしょう」

「ああ、それなら問題ありません」

問題ないとは？　と首を傾《かし》げる。

「私がここに来たのは『母の件でお礼を言いに来ただけ』ですから」

アリアドネを見下すように顎をしゃくった。いかにも面倒くさそうな口調。それも、少し離れた場所にいる侍女や護衛に聞こえるようなボリューム。

（そういう名目にしておく、ということね）

「お気遣いに感謝いたします」

小声で告げれば、アルノルトは分かってくれて嬉しいと言いたげに目を輝かせた。

（気まずい。すごく気まずいわ）

回帰前のアリアドネは、アルノルトを毒殺しているのだ。そんな相手に笑顔を向けられて、一体どんな顔をすればいいのかと目を伏せる。

「それで、ここに来た本当の用件ですが……アリアドネ皇女殿下？」

「あ、はい。用件ですよね？」

「ええ。一つ目は例の件です。ジークベルト殿下を牽制しました。侍女の人事権で口を出してくることはないでしょう」

「感謝いたします。イザベル前王妃にも私が感謝していたとお伝えください」

後は既に紛れ込んでいる密偵を排除すればこの件は終わりだ。

アリアドネは安堵《あんど》の息を吐く。

「それと、今度式典があるのを知っていますか？」

「……ええ、建国記念式典ですよね」

「はい。その式典のパートナーを務めさせてくださいませんか？」

「それは……」

アルノルトをパートナーに伴えば第一王子派だと見なされる。婚約者になるのなら、それでも問題ない。けれど、そうじゃないのなら、身を危険に晒すリスクが高すぎる。

「せっかくですが……」

「待ってください。建国記念式典で、貴女のプティデビュタントの面倒を見てはどうかと、母上からの提案があったんです」

「プティデビュタントですか？」

デビュタントが、一人前の女性として社交界デビューする行事なら、プティデビュタントはそのまえ段階。子供として、社交界に顔を出す程度の教養を身に付けたと示す行事だ。

前者は大半の女性がおこなう行事だが、後者は省略することも珍しくない。

「慣例でいえば、アリアドネ皇女殿下のプティデビュタントは先日の夜会となります。ですが、それはあまりにも不憫《ふびん》。という理由により私が面倒を見る、という名目です」

「……ああ、なるほど」

アリアドネがパーティーに出席したのは先日の夜会が初めてだ。

つまり、あれがプティデビュタントだったということになるが、アリアドネはあの夜会に出席するやいなや、イザベルの毒殺騒ぎで拘束されている。

それをプティデビュタントとするのはあまりに不憫。そう思ったイザベルが、アリアドネのプティデビュタントの面倒を見るよう息子に申しつけた。

――という筋書き。

(それなら、第一王子派が私に興味を示しているだけというふうに、第二王子派をしばらく欺くことは出来るわね。だけど、そんなリスクを冒す意味はあるかしら?)

「アリアドネ皇女殿下、このまま誰の力も借りずに自らの身を護れるとお思いですか?」

「それは……無理ですね」

ジークベルトは復讐すべき相手だ。ならば、いつか必ず、第二王子派とぶつかり合うことになる。そのとき、後ろ盾の一つもなければ簡単に潰されてしまう。

そう考えれば、アルノルトのパートナーになるのは悪い選択ではない。婚約者ほど安全ではないけれど、少なくとも安易に手を出していい相手とは見られなくなるだろう。

（これを考えたのはイザベル前王妃かしら？　さすが、ウォルター陛下亡き後、第一王子派を率いて第二王子派に対抗した女傑ね。敵に回すと厄介だったけど、味方にすると頼もしいわ）

だけど、これは取引ではない。アルノルトの好意によるものだ。

それが分からないアリアドネではない。

だからこそ迷っていた。

なぜなら——

（回帰前の私はアルノルト殿下を毒殺したのよ？）

その事実を忘れ、彼らの好意を利用することには抵抗がある。

「……すみません。ご迷惑でしたね。さきほどの提案は忘れてください」

アルノルトが寂しげに笑って席を立つ。そうして、なにかを諦めるような顔で立ち去ろうとする。その横顔を目にした瞬間、アリアドネは胸が締め付けられるように苦しくなった。

（私はアルノルト殿下に罪悪感を抱いてる。でも、その罪悪感から彼を悲しませることが、彼に対する罪滅ぼしになるの？）

なるはずがない。

そう思った瞬間、アルノルトの袖を摑んでいた。

「……アリアドネ皇女殿下？」

「待ってください。まだお断りしていませんわ」

「……では、受けてくれるのですか？」

「その……ご迷惑でなければ」

アリアドネが不器用に笑えば、アルノルトが心から嬉しそうな顔をした。

（もう、そんな顔をして……仕方ないなぁ）

自らが陥れた善良な人々には償いを。

そして、自らを利用した悪辣な人々には復讐を。

アリアドネは第一王子派に与《くみ》し、第二王子派を敵に回す一歩を踏み出した。

5

シビラ・マイヤーズ。

栗色《くりいろ》の髪を後ろで纏め、侍女にしては質素な服を身に着けている。今年で22歳になる彼女は、貧乏な男爵家に生まれた娘である。

本来であれば、男爵家の娘が皇女の住まう皇女宮で侍女として働くのは難しい。

けれど、レストゥールは亡国の皇族。それも、愚かにもグランヘイムに楯突《たてつ》いた皇族の生き残りだ。

ゆえに侍女を希望する者が少なく、シビラは運よく雇われることが出来た。

そうして、彼女はアリアドネの侍女となった。

(運がよかったかは……微妙なところだけど)

金色の瞳を彷徨《さまよ》わせ、声には出さずに独りごちる。

７つ年下のアリアドネは、昔から手の掛からない娘だった。多くの家庭教師から様々なことを学び、教えられたことを瞬く間に自分のものにしてしまう。そんな才女であると同時、母親には名前すら呼んでもらえず、父には会ったこともない。愛情を知らずに育てられた可哀想《かわいそう》な娘でもあった。

いくら才能があっても、後ろ盾がなければ大成することは難しい。アリアドネのお付きを続けていても、将来の見通しは決して明るくはない。

それでも、シビラはアリアドネに仕えることが嫌いではなかった。

でも、それも数年前までのことだ。

「シビラ、お茶会で二人はなにを話していたのかしら？」

アリアドネとアルノルトのお茶会が終わった後。後片付けをしていたシビラのもとに、マリアンヌのお付きである侍女がやってきた。

デリラとルイーゼ。二人はともに子爵家の令嬢で、シビラよりは身分が高い。実家のあれこれがあり、シビラはこの二人に逆らうことが出来ないでいた。

「ちょっと、聞いているの？」

「聞いてはいます。ですが、仕えるべきお方のお話を勝手にすることは……っ」

みなまで口にするより早く、デリラに頬を叩かれた。

「なに、いまの。私達に口答えしているの？」

「生意気ね。実家がどうなってもいいのかしら？」

「そ、それだけは止めてくださいっ」

デリラとルイーゼに脅されて屈する。いまのシビラに抵抗する術《すべ》はない。

そうして怯《おび》えるシビラを、デリラは満足げに見下した。

「身の程を理解したなら、さっさと答えなさいよ」

「は、はい。使用人はすぐに下げられたので話はほとんど聞くことが出来ませんでしたが、アルノルト殿下は面倒くさそうに、『母の件でお礼を言いに来ただけ』とおっしゃっていました」

「……なるほど、義理立てに来ただけ、みたいね。よくやったわ」

「ありがとう、ございます」

そう言いながらも、その顔は少しも嬉しそうには見えない。

シビラはそんな自分の表情を隠すように頭を下げた。

これが、最近のシビラの日課である。

だが、今日はそれだけでは終わらなかった。

「それと、今日は仕入れの商人が来るわ。シビラ、貴女も立ち会いなさい」

「……はい、分かりました」

仕入れの商人が皇女宮に出入りすることは珍しくない。ゆえに、普通はメイド達が応対するのだが、皇族が取り扱う品の場合は侍女が応対している。

その商人の一人が、ジークベルトと繋《つな》がる連絡役だ。またなにか、指示を出されると思うと気が重い。それでも断るという選択肢はなく、シビラはしぶしぶと二人の後に続いた。

皇女宮にある裏門。使用人達が出入りするその門の前で、シビラ達はジークベルトの連絡役と会うことになっている。

しばらく待っていると、商品を運んだ商人が姿を現した。

「あら、いつもと違う人なのね？」

デリラが小首を傾げた。彼女が言うように、これまでに見た連絡役は若い男だった。だが、今回の待ち合わせ場所にやってきたのは若い女性だ。

「私はソニア。今回は私が代理よ」

「……代理？　その言葉をどうやって信じろと？」

デリラが警戒心を露わにする。

だけど次の瞬間、ソニアは隠し持っていた牙を剝《む》く。

「あら、私にそんな口を利いてもいいのかしら？　先日の騒動の時、貴女達がなにをしたのか忘れたの？　あの方を裏切るつもりなら——」

「ま、待ちなさい！　裏切るなんて言ってないわ！」

「そ、そうよ。いつもと違う人だったから、本物かどうか疑っただけよ！」

シビラはなんのことか分からなかったが、デリラとルイーゼは明らかにうろたえ、その顔は傍目《はため》にも分かるほどに青ざめている。

「私が本物かどうか？　いまの会話の他になにが必要だっていうのかしら？　私がニセモ

ノなら、貴女達はとてもまずい立場になると思うのだけど……？」

「そ、そうね、たしかに貴女は本物よ」

デリラが肯定し、ルイーゼもこくこくと頷く。

「やっと理解してくれたみたいね。なら、本題に入りましょうか」

「え、ええ、分かったわ。まずは――」

デリラがマリアンヌの容態や、アリアドネの最近の動向、それに第一王子が訪ねてきたことと、その会話の内容について報告する。

だが、話を聞き終えたソニアは不満気に鼻を鳴らした。

「貴女達、この程度の内容であの方が満足すると思っているの？」

「なっ！　私達がどれだけ苦労していると思っているんですか！」

「黙りなさい。あの方の指示を忘れたの？」

「い、いいえ、決してそのようなことは」

「本当かしら？　本当に覚えているというのなら、その指示を言ってみなさい」

「ジークベルト殿下は、アリアドネ皇女殿下を籠絡できるような情報を集めるようにとおっしゃっているのでしょう？　ちゃんと覚えています」

「なら、ジークベルト殿下が求める情報を手に入れてみせなさい。貴女たちに残された時間はあまりないわよ？」

ソニアはそうやって言いたいことだけを言うと、積み荷を降ろして帰っていった。そのソニアが見えなくなった途端、デリラが盛大に舌打ちをする。

「なによ、あの女、気に入らないわねっ！」

「ほんとよ。私達がどれだけ危ない橋を渡ってると思ってるのよ」

「ふ、二人ともその辺で止めよう――っ」

シビラはみなまで言うことが出来ず、ルイーゼに頬を叩かれる。

「なに他人事《ひとごと》みたいに言ってるのよ！　私とデリラはマリアンヌ皇女のお付き。アリアドネ皇女のお付きは貴女だけなのよ？　なのに、いつまで経《た》っても貴女が有効な情報を得ないから、私達が叱《しか》られるんじゃない！」

「ご、ごめんなさい」

シビラが謝罪の言葉を口にするが、ルイーゼはその怒りを収めなかった。

「謝るくらいなら、すぐに情報を手に入れなさいよ」

「そうね、いまからアリアドネ皇女の部屋に忍び込みなさいよ」

デリラが名案だとばかりに口にする。

「それ、いいわね。シビラ、私達が見張っててあげるから、部屋を探ってきなさい」

「そ、そんなこと出来ないわよ」

「はあ？　出来ない？　いま、出来ないって言った？」

「まさか、家族思いのシビラはそんなこと言わないわよね？」

二人が詰め寄れば、シビラは拳をぎゅっと握り締めて頷いた。


その後、アリアドネが稽古で留守にしているタイミングを見計らい、デリラとルイーゼを見張りとして、シビラがアリアドネの部屋に忍び込むこととなった。

「ね、ねぇ、本当にやるの？」

「当然でしょ。というかさっき、アリアドネ皇女が手紙を持ってたわよね？　その中身を確認してきなさい。なにか、面白いことが書いてあるかもしれないわ」

「たしかにその通りね。シビラ、いいわね？」

「……うぅ、分かったわよ」

ここで問答をしていても危険は増すばかりだ。そう思ったシビラは、覚悟を決めてアリアドネの寝室に足を踏み入れる。

（どうしてこんなことに……）

お付きの立場として、寝室に入るだけなら言い訳も立つ。だけど、主の手紙を盗み見たことがバレれば、解雇だけで済むかどうか分からない。

（どうか、バレませんように……）

心の中で願いながら、アリアドネが使っている机の引き出しを開ける。最初の引き出しはハズレ。続けて開けた二段目の引き出しには、書きかけの手紙が一通しまわれていた。

運のいいことに――あるいは悪いことに封がされていない。シビラは思い切って、封筒から手紙を取りだした。そこには、アリアドネの直筆と思われる文字で一言だけ。

『よけいなことを口にしたら死ぬことになるわよ』

「――ひっ⁉」

それを目にした彼女は、さながら蜘蛛《くも》の巣に掛かった哀れな羽虫のように顔を歪《ゆが》ませた。逃げなきゃ――と震える手で手紙を元に戻して振り返り、今度こそ腰を抜かすことになる。

「あ、あ、どうして……」

目の前には、騎士に拘束されて青ざめるデリラとルイーゼ。そして二人の背後には、ハイノを従え、妖しく笑うアリアドネの姿があった。

6

「さて、なにをしていたか話してもらいましょうか」

アリアドネがそう口にすれば、シビラは目に見えて震え始めた。

「もう一度聞くわよ。私の部屋で、なにを、していたのかしら？」

「わ、私はただ、アリアドネ皇女殿下のお部屋の掃除をしていただけです」

「……見苦しいわね」

アリアドネがパチンと指を鳴らす。それを合図に女性が部屋に入ってくる。それが、さきほど連絡役を名乗った女性、ソニアだと気付いたシビラ達の顔が絶望に染まった。

「さっき自白したのに、もう忘れてしまったんですか？」

「――あ、貴女！　ジークベルト殿下の連絡役だって言ったじゃない！」

「ば、ばかっ！」

デリラが思わずといった感じで叫び、慌ててルイーゼが止める。

だが、すべては手遅れだ。

「いまのは言い逃れできないわよ。さあ、説明してくれるかしら？」

「あ、あぁあぁっ……」

デリラが悲鳴にも似た声を上げる。

それを横目に、ルイーゼがガバッと頭を下げた。

「ご、誤解です。すべてはマリアンヌ皇女殿下のご命令だったんです！」

「……ふぅん？　詳しい話を聞かせてもらおうかしら？」

「は、はい。最初は、アリアドネ皇女殿下の成績をラファエル陛下にお伝えする、という役目でした。その過程で、ジークベルト殿下にも情報を寄越《よこ》すように言われたんです」

（なるほどね。お母様は、私を才女として育て上げ、それを口実にお父様の寵愛《ちょうあい》を受けようとしていた。だから、その話の辻褄《つじつま》は合っているわね。だけど……）

ソニアの報告によれば、先日の件とほのめかしたとき、デリラとルイーゼは酷く怯えていたという。そこから考えられるのは、暗殺者を内部に招き入れた犯人がデリラとルイーゼであるという可能性だ。これは他の調査内容と合わせて考えるとほぼ確定している。

なのに、マリアンヌの命令に従っていたというのは辻褄が合わない。

（お母様が口を利けない状態だからって、すべての責任を押し付けるつもり？　お母様の暗殺に関わりながら、お母様の命令だったなんて、ふざけたことを言ってくれるじゃない）

自分を利用した悪辣な人々には復讐を。

さきほどの一言で、ルイーゼはアリアドネが復讐すべき敵となった。

「ア、アリアドネ皇女殿下、私達をどうするつもりよ⁉」

デリラがいきなり生意気な口を利く。

だが、アリアドネはその暴言を一度だけ見逃した。

「……それを考えているところなんだけど？」

「な、なら、私達の拘束を解きなさい」

「なぜ？」

「ルイーゼの話を聞いていなかったの？　これは、ジークベルト殿下のご命令なのよ。なのに、忘れられた皇女ごときが私達にこんなことをして、どうなるか分かっているの⁉」

「……ふふっ、ずいぶんと面白いことを囀《さえず》るわね」

この状況で私を脅してくるほど愚かだとは思わなかった――と、アリアドネは嗤《わら》う。

「な、なによ、なにがおかしいのよ！」

「捨て駒ごときがなにを勘違いしているのかしら」

アリアドネが真冬に吹き荒れる嵐のような声で言い放った。

「……え？」

「たしかに、ジークベルト殿下に噛《か》みつけば私も痛手を負うでしょうね。でも、真っ先に切り捨てられるのは貴女達よ。それを分かっているのかしら？」

「……な、なによ。共倒れになりたくなければ、とでも脅すつもり？」

「貴女にそんな価値はないわ」

虫けらを見るように見下して、「貴女達は横領の罪で追放されるのよ」と囁《ささや》いた。

「お、横領？　なんのことよ!?」

「あら、横領も知らないの？　自らが扱っている他人のお金を着服することよ」

「ば、ばかにしないで！　横領くらい知ってるわよ。そうじゃなくて、私は横領なんてした記憶はないって言ってるのよ！」

「だからなに？　証拠がなければ作ればいいでしょう？」

「……は？」

意味が分からないと、デリラは声を失った。

そんな彼女から視線を外し、ハイノへと視線を向ける。

「彼女達が横領していた証拠、用意できるわよね？」

「……あまり気は進みませんが、可能かどうかといえば可能です」

「ちょ、それって捏造《ねつぞう》じゃない！」

デリラが叫んだ。彼女を拘束している騎士が口を閉じさせようとするが、アリアドネは構わないと言って、それを止めさせた。

「デリラ、心配しなくても大丈夫よ。貴女はすぐに罪を認めるから」

「な、なによ。どういうことよ？」

「考えてもみなさい。腐っていても、貴女は子爵家のご令嬢だもの。貴女が罪を否定すれば、正式な裁判になるでしょう？」

「と、当然よ。そしたら、無実を証明してやるわ」

当然と言っているが、裁判になることすら思い至っていなかったのだろう。デリラが混乱している様子が手に取るように分かる。

アリアドネは笑って頷いた。

「そうね、無実を証明できるかもね。でも、その騒ぎは確実に、ジークベルト殿下の耳に入るでしょう。そうしたら、なにが起こると思う？」

アリアドネが密偵に気付いた――と、ジークベルトは考える。

それに気付いたデリラ達が青ざめた。

「ジークベルト殿下は、貴女達を尋問するはずよ。なにを話した？　とね。貴女達は当然、なにも話してないと主張するのでしょうね。でも、彼がそれを信じてくれるかしら？」

アリアドネがそうだったように、デリラ達も捨て駒でしかない。

その捨て駒が、色々と情報を持ったまま生き残った。裏切っていたなら、証言台で不利な証言をされるまえに消す必要があるし、そうでないとしても口を封じた方が安全だ。

どちらにせよ、傷ありの令嬢を闇に葬るのに、皇女を消すほどの手間はない。

「殺されなければ御の字よねぇ？」

アリアドネは扇子で口元を隠し、斜めに彼女達を見下ろした。

状況を理解した彼女達がガタガタと震え始める。

「……お、お許しください！　すべては、シビラに唆されたことなんです！」

「そ、そうです。彼女がジークベルト殿下に付くべきだって、そう言ったんです！」

デリラとルイーゼが見苦しく叫んだ。罪を擦《なす》り付けられようとしているシビラを見れば、彼女は指先が青白くなるほどに服の裾《すそ》を握り締めて黙り込んでいた。

「そう。彼女が主犯なのね？」

「そ、そうです！　私達は巻き込まれただけです！」

「……いいわ。信じてあげる。二人は軽い横領をした――という名目で解雇するに留《とど》めてあげるわ。多少の恥を掻《か》くことにはなるけど、牢屋《ろうや》に入れられるよりはマシでしょう？」

「あ、ありがとうございます！」

二人はそろって頭を下げてその身を震わせた。

（自分達の置かれた状況にも気付かず……馬鹿な子達）

マリアンヌ暗殺の手引きをした者達だが、自ら手を下す価値もないと突き放す。

「他の者と話すことは許しません。いますぐ荷物を纏めて出て行きなさい」

「は、はい。ただちに！」

拘束を解かれた二人が部屋を後にする。その横顔はアリアドネが予想したとおり、上手く切り抜けられたとでも言いたげな、歪んだ笑みに満ちていた。

「貴方達、彼女らが皇女宮でよけいなことをしないように外まで送りなさい」

「「はっ！」」

彼女らを拘束していた騎士が、二人の後を追い掛ける。それを見送ったアリアドネは「待たせたわね、シビラ」と自分の侍女に視線を向けた。

「さて、なにか聞きたいことはあるかしら？」

「……さっきの二人はどうなるんでしょう？」

「あら、軽い横領を理由に解雇するって言ったはずよ？」

「で、ですが、そんな理由で解雇すれば、密偵だと気付いた上で、裏取引をしたと言っているようなものじゃありませんか！　ジークベルト殿下だって……」

「ええ、同じように考えるでしょうね」

これが、なにか罰を与えての解雇なら、まだ考える余地はある。他の罪がバレてしまったけれど、内通者であることはバレなかった可能性もあるから。

つまり、本当は裁判に掛けられた方がましだった。だけど、ろくに罰も与えられずに解雇された二人を見て、ジークベルトはどう思うだろう？

（私が彼の立場なら、二人が裏切った可能性を疑うでしょうね。そして捕まえて尋問する。彼女達がそれに耐えきれるはずもないけれど……）

アリアドネは、彼女達がジークベルトの内通者である事実とその目的は聞き出した。だけど、マリアンヌの暗殺未遂の件については一切触れていない。

ゆえに、彼女達は命懸けで主張してくれるだろう。

自分達は暗殺者の件については喋《しゃべ》っていない。アリアドネは、ジークベルトが暗殺未遂に関わっているとは気付いていない――と。

そうすれば、ジークベルトがアリアドネに向ける疑いの目は、少しだけ緩和するはずだ。

「アリアドネ皇女殿下は、あの二人を殺すつもりなんですね」

アリアドネは答えず、小さな笑みを浮かべた。

おそらく、二人はジークベルトに処分されるだろう。もし生き残っても問題ない。そのときは、あらためて処分すればいい。

アリアドネは、母を裏切った二人を許すつもりはなかった。

「ところで、それは同情？　それとも、自分の行く末が気になるから聞いているの？」

「……皇女殿下を裏切った以上、覚悟は出来ています」

「そう。殊勝な心がけね。余計なことを言わなかったのもそれが理由かしら？」

「いえ、それは……手紙に書かれていましたから」

アリアドネが机の中に仕込んでいた手紙のことだ。

シビラは『よけいなことを口にしたら死ぬことになるわよ』という言葉が自分に向けられたメッセージだと理解し、口をつぐんでいた。おかげで、アリアドネは上手くデリラとルイーゼを罠《わな》に掛けることが出来た。

「思った通り、貴女は優秀ね」

「……優秀なら、このような目に遭ったりしません」

「それは……どうかしら」

回帰前、優秀な者達がたくさん死んでいった。

いや、その多くは、アリアドネが謀略で殺したのだけど。

「シビラ、なぜ私を裏切ったの？」

「それは……言えません」

「そう？　なら代わりに言ってあげる。妹を助けるためでしょう？　病気の妹の治療を続けるには、お金が必要だものね」

「――妹は関係ありません！」

シビラが弾《はじ》かれたように声を上げた。

「関係ない？　なにを言っているの？　貴女は妹のために、主である皇族を裏切った。それは紛れもない事実でしょう？」

シビラの顔が絶望に染まった。

「どうか、どうかご容赦を！　私はどうなってもかまいません。ですから、どうか家族だけは、妹だけは助けてください！」

絨毯に額をこすりつけて懇願する。

（私が陥れた善良な人々には償いを、私を利用した悪辣な人々には復讐を。それが私の信条。そして、シビラが私を裏切ったのは紛れもない事実よ。だけど――）

「シビラ、一つだけ答えなさい。毎年、私の誕生日になると必ず、部屋に小物が増えていたんだけど、それは……貴女の仕業？」

「……はい」

（シビラは私を裏切った。でも、私もよい主じゃなかった）

シビラが裏切ったのは妹を守るためだった。アリアドネがもう少しだけシビラに目を向けていれば、彼女が裏切る必要はなかっただろう。

なにより暗殺者の件をほのめかしたとき、シビラだけが違う反応を示したことも大きい。

調べでも、暗殺者を招き入れたのはあの二人で、シビラが無関係なことは分かっている。

だから――

「シビラ、私の駒になりなさい。その代わり、妹の面倒は私が見てあげる」

「妹は人質、ということですか」

「優秀な子は好きよ」

シビラの顔が苦悩に満ちる。

ここまでは、自分を裏切った彼女への復讐だ。

そしてここからは、自分が不幸にしてしまった彼女に対する償いを。

「安心なさい。自由は制限させてもらうけど、医師に治療させるし、望むのなら仕事を与えてもあげる。決して悪いようにはしないわ。貴女が私を裏切らない限りは、ね」

さあどうすると見下ろせば、シビラは涙を流して忠誠の言葉を口にした。

7

侍女二人を追放した後、シビラの妹が皇女宮に連れてこられた。医師によると軽い喘息《ぜんそく》ということで、適切な治療を受ければ改善していくだろう――ということだった。元気になった場合は、メイドとして雇う予定である。そういうことがあってか、シビラはいままでよりも献身的にアリアドネに仕えるようになった。

こうして、ジークベルトの密偵を排除して、忠実な侍女も手に入れた。アリアドネがシビラに最初に命じたのは、これからもジークベルトに情報を流させることだった。

前提条件として、使用人として密偵を送りつけることは珍しくない。その上で、敵対関係にないのなら、見て見ぬフリをすることはわりとよくある話だ。

ゆえに、シビラを使い、ジークベルトにある情報を流した。

デリラとルイーゼが密偵の身でありながらも横領に手を染めたため、アリアドネが仕方なく二人を切り捨てることにして、シビラはそれに協力した――という嘘《うそ》の情報だ。

これはつまり、二人が横領の罪を犯したので仕方なく放逐したが、ジークベルトに叛意《はんい》があって二人を解雇した訳ではない、というアリアドネの意思表示であり、だからシビラのことは黙認しているという理由付けである。

加えて、デリラとルイーゼは横領を認めており、マリアンヌ暗殺未遂への関与についてては話すら聞かれていないと命懸けで主張するだろう。

その結果、マリアンヌの暗殺計画にジークベルトが関わっていることを、アリアドネは気付いていていないと誤認させることができる。

更に言えば、シビラがマリアンヌ暗殺未遂に関与していないことは確認済みである。ゆえに、ジークベルト目線で考えたとき、危険な情報を持つ二人は別件で排除されており、無難な情報しか持たないシビラのみが密偵として残ったという状況。

彼にとっても最悪な状況ではない。情報の内容を疑いつつも、シビラが情報を流しているあいだは利用しようとするだろう。

という訳で、密偵の件はひとまず解決。

いずれは探りを入れに来るだろうが、それはそのときになって考えればいい。そうして束《つか》の間《ま》の平和を手に入れたアリアドネは、久しぶりに気持ちのいい朝を迎えた。

「シビラ、今日は中庭を散歩するわ」

「すぐにご用意いたします」

春色のドレスに着替えたアリアドネは軽い足取りで部屋を出る。

すると、こちらへ向かってくるハイノと出くわした。

「アリアドネ様、何処《どこ》かへお出かけですか？」

「ここのところ大変だったから、中庭でお茶でもしようかなって。そういうハイノは私になにか用事かしら？」

「その件は後で問題ありません。どうか、ごゆっくりおくつろぎください」

「……そう？　なら、そうさせてもらうわね」

皇女宮の総轄責任者である執事、ハイノは非常に有能だ。その彼が問題ないと言うのならと、アリアドネは中庭へ足を運ぶ。そこには紅《あか》い薔薇が植えられていた。

回帰前のアリアドネは、その生花を好んで飾りとして身に着けていた。社交界の頂点に立ったアリアドネが、紅い薔薇と呼ばれた由来でもある。

なのに――

「わあ、今年は紅い薔薇が咲いているんですね」

シビラが驚きの声を上げた。

「今年はって……去年は違ったかしら？」

「ええ。去年までは、アリアドネ皇女殿下の髪と同じ、真っ白な薔薇がこの庭いっぱいに咲いていましたよ」

「……そう、だったかしら？」

回帰前の人生を経たアリアドネにとって、〝去年〟はずいぶんと昔のことになる。去年の花壇になにが植えられていたか覚えていない。

「でも、そっか……私の髪と同じ色の薔薇だったのね。それを植え替えるなんて、お母様はやっぱり、私のことが嫌いだったのね」

「そ、そんなはずありません！」

「無理にフォローしなくてもいいわよ」

「いえ、フォローじゃありません。というか、確かめないと分からないじゃないですか。ちょうどあそこに庭師がいるので確認してみましょう。すみません～」

シビラが庭師のおじさんを呼びつける。

アリアドネの姿に気付いた彼は小走りに駆け寄ってきた。

「なにかご用でしょうか？」

「あの薔薇のことです。去年までは白い薔薇が植えられていましたよね？」

「ええ、たしかにそうでしたよ」

シビラの質問に庭師が答える。答えが予想できるため、アリアドネはあまり乗り気ではなかったのだが、ここまで来ると答えが気になってくる。

思わずといった感じでアリアドネが口を開く。

「……それを植え替えたのはなぜかしら？」

「あら、覚えていらっしゃらないのですか？　アリアドネ皇女殿下が、紅い薔薇が好きだとおっしゃったでしょう？　それを聞いたマリアンヌ皇女殿下が植え替えるようにおっしゃったんです」

「……え？　そう、だったかしら？」

思わず耳を疑った。

「はい。その場にいましたからよく覚えておりますよ」

「そう、だったの……」

アリアドネはいままで、親の愛情を一切知らずに育ったと思い込んでいた。だけど、少なくとも、一欠片《ひとかけら》くらいの愛情はあった、ということだ。

「あの、アリアドネ皇女殿下？」

「なんでもないわ。教えてくれてありがとう。もう下がりなさい」

「かしこまりました」

庭師はうやうやしく頭を下げて、それからささっと去っていった。

「ね、アリアドネ皇女殿下。確認してよかったでしょう？」

「そうね、褒めてあげる。でも、それは結果論よ。もし最悪の答えが返ってきたらどうするつもりだったの？」

「私はさきほどの会話を覚えていましたから」

「……え？　あぁ、だから、紅い薔薇の一輪挿しだったのね」

アリアドネの好きな薔薇を覚えていた、ということだ。

「やはり優秀ね。それじゃ、そんな優秀なシビラにお茶の用意をお願いしようかしら」

「お任せください！」

シビラは嬉しそうに笑って飛んでいった。それを見送り、中庭にあるテーブルに腰を下ろす。そうして想《おも》いを巡らすのは母親のことだ。

「お母様は……私のことをどう思っていたのかしら？」

愛されていないと思っていた。

でも、アリアドネが好む色の薔薇に植え替えた事実がそれを否定する。なにより、彼女は自分が殺されそうな状況で、アリアドネを救うために動いた。

（お母様がどう思っているのか知りたい）

だが、いまの彼女は意志を示すことが出来ないでいる。

マリアンヌが回復するまで待つしかないだろう。

そんなことを考えていると、シビラがお茶を持って戻ってきた。だが、戻ってきた彼女は一人ではなく、後ろに女性を二人ほど引き連れていた。

「お待たせしました、アリアドネ皇女殿下」

「それはかまわないけど、後ろにいる二人は？」

「はい。ご要望にあった侍女とメイドです。彼女は既にご存じですよね」

示された女性の顔を見たアリアドネは表情を落とした。

ピンクゴールドのツインテールに、緑色の瞳を持つ気の強そうなお嬢様。グラニス伯爵家のご令嬢である彼女は、先日突っ掛かってきたアシュリーだ。

彼女は第一王子派の連絡役として送られてきたのだろう。

「アシュリーです。どうか、よろしくお願いいたしますわ」

澄まし顔で挨拶をする。

さすがに、侍女の身で主に突っ掛かるつもりはないらしい。

「……貴女、ちゃんと時と場合をわきまえているのね」

「わ、私をなんだと思っているんですか!?」

「冗談よ。これからよろしくね」

アリアドネは満足気に笑った。

それから、続けてもう一人の女性に視線を向ける。

茶色の髪の彼女はソニア。黒い太陽のマスターの妹だ。

先日の一件で彼女が第二王子の伝令役の振りをしていたのは、デリラ達が知らない使用人で、演技が上手そうな人間を連れてきて欲しいと、ハイノにお願いした結果だ。

もちろん、それによってソニアが雇われるように、アリアドネが働きかけたのだが。

「メイドのソニアです。どうか、よろしくお願いします」

「ええ、貴女の働きに期待しているわ」

素知らぬふりで社交辞令を交わすが――

(私の使用人、キャラが濃すぎじゃないかしら?)

二重スパイと、第一王子の連絡役と、闇ギルドの諜報員《ちょうほういん》。ハッキリ言って、まともな使用人が一人もいない。だけど、それくらいで慌てるアリアドネではない。

(ま、この程度の逆境なら、回帰前にいくらでも経験したものね)

だから問題ないと今後について考える。だけど、今日の問題はそれで終わらなかった。

別のメイドから、第二王子の訪問を告げられたからだ。

第3章

悲劇の歴史を塗り替える

Chapter 3

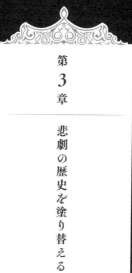

1

ジークベルトの訪問を聞いたアリアドネは思案顔になる。

(思ったより行動が早いわね。さっそく探りを入れに来たのかしら?)

デリラとルイーゼのことは横領の罪で解雇。シビラの諜報活動《ちようほうかつどう》は黙認している——ということになっている。

ゆえにジークベルトが確認したいのは、マリアンヌの暗殺未遂に関わっていることを、アリアドネが気付いているかどうかというのが一つ。

そしてもう一つは、シビラが裏切っていないか、ということだろう。

(焦らなければ誤魔化しきることは難しくないはずよ)

アリアドネは深呼吸を一つ、侍女達に出迎えの準備をさせる。

「シビラとソニアはお付きとして側《そば》にいなさい。ただし、アシュリーはジークベルト殿下に顔を見られてはダメ。だから、今回は下がっていなさい」

第一王子派と繋《つな》がっている人物を見られる訳にはいかない。アシュリーもそれは理解しているようで、「かしこまりました」と下がっていった。

それと入れ替わりで、シビラがそうっと近付いてくる。

「アリアドネ皇女殿下、私も退席した方がいいのではないでしょうか？」

「……いいえ、その必要はないわ。私は貴女《あなた》の正体に気付いていて黙認している、という体よ。貴女も堂々としていなさい」

「ですが、あの二人の話を聞いて、疑っているかも……」

不安げに瞳を揺らす。そんなシビラの目先に指先をビシッと突き付けた。彼女の散漫になっていた意識が、アリアドネの指先に集中する。

その隙を逃さず「聞きなさい」と彼女の意識の隙間に声を滑り込ませる。

「状況証拠だけでは、どちらの話が本当か分からない。そして、人は自分に都合のいいことを信じようとする生き物よ。だから貴女が堂々としていれば大丈夫」

お付きの侍女であるシビラを隠せば、やましいことがあると言っているようなものだ。逆に堂々としていれば、彼は自分に都合のいいように考えるだろう。

それでも、誤魔化しきれるかどうかはシビラ次第である。

だから——と、シビラの目を覗《のぞ》き込《こ》んだ。

「どうしても無理だと思うのなら、いまここで言いなさい。……あぁ、ちなみにこれは脅しじゃないわよ。貴女がボロを出せば私もただではすまないから」

「そ、それなら、どうして私に重要な役割をさせようとするんですか？」

「たしかに貴女は私を裏切った。でもそれは妹のためでしょう？　だから私は、妹のためならなんでもするという、貴女の信念を信じるのよ」

アリアドネは、ジークベルトのためならどんな悪事にでも手を染めた。黒歴史だと嘆いているが、それは騙《だま》されていたことに気付いたからだ。

もし騙されていなかったのなら、あの結末にも後悔はなかった。アリアドネにとって、大切な人のためになんでもするというのはそういうことなのだ。

だけど――と、アリアドネは視線を外す。

「どうやら、私の勘違いだったようね。いいわ、下がりなさい」

そう言って突き放すが、シビラは下がらない。

アリアドネが辛抱強く待てば、彼女はきゅっと拳を握りしめた。

「……私、がんばります」

「がんばるだけじゃダメなのよ」

「必ずジークベルト殿下を騙し抜いてみせます！」

覚悟を秘めた金色の瞳がアリアドネをまっすぐに見つめる。

「いいわ。私の運命を貴女に託してあげる」

ジークベルトを騙すための段取りをシビラに伝える。

それからほどなく、ジークベルトがアリアドネのもとへとやってきた。

「アリアドネ、数日ぶりだな」

「ええ、先日はお気遣いありがとうございました」

心の内を見せないまま、アリアドネは笑顔でジークベルトを出迎える。

（さっさと用件を聞いて、おかえり願いたいところだけど……それを態度に出す訳にはいかないわ。表向きは……そうね。いまは兄に少しでも長居して欲しいと思っている、健気な妹を演じましょうか）

「ジークベルト殿下、せっかくですし、お茶でもいかがですか？」

「……ああ。そうだな、そうさせてもらおう」

ジークベルトは少し意外そうな素振りを見せた。

（この反応、私が好意を見せるとは思っていなかった、ということかしら。実際、怪しいものね、私の周辺で起きていることは）

密偵の排除と、侍女の人事権の委譲阻止。

前者は当人達の失態で、後者はイザベルの独断。そういう体を取っているが、あまりにジークベルトにとって不利なことが起こりすぎている。

アリアドネはジークベルトを警戒していると考えるのが自然。それなのに、アリアドネが好意的な態度を示している。ジークベルトはその理由を考えるはずだ。

あり得る可能性は大きく分けて二つ。

一つ目は、仕方なくデリラとルイーゼを排除したため、ジークベルトに申し訳なく思っている可能性。もう一つは、ジークベルトへの敵意を隠すために演技をしている可能性。

ゆえに、前者であると思わせるのが目標だ。

「ところで、侍女を二人ほど解雇したそうだな」

いきなり切り込んできた。

アリアドネは「はい……」と目を伏せる。

「お母様が大事にしていた侍女だったんですが……実はお母様の宝飾品に手を出していて、それで仕方なく……申し訳ありません」

「……なぜ俺に謝る」

「あ、いえ、その……」

「いまはアリアドネがレストゥールの当主代行だ。侍女が粗相をしたのなら、裁くのは当然のことだろう」

「そう言っていただけると、少しだけ自分の判断に自信が持てます」

白々しいやりとり。

もちろん、本心かどうかは分からない、お互いに。

「そういえば、イザベル前王妃の夜会に出席したそうだな？」

続けて、おまえは第一王子派に味方するのか？　と探られた。

当然、慌てふためいて然《しか》るべきだ。だが、だからこそ、アリアドネは年相応の子供のように、無邪気に胸のまえで手を合わせて笑みを浮かべた。

「あっ、そうなんですよ！　ご存じですか？　イザベル前王妃の夜会には、いま王都で流行しているオーケストラが招かれているんですよ！」

「……オ、オーケストラだと？」

「はい。とても有名なんですって。だから、どうしても聴いてみたくて。ジークベルト殿下はお聴きになったことがございますか？　もしまだなら、今度はオーケストラを一緒に行きませんか？」

無邪気なお誘いだ。

だが、そのオーケストラはイザベルのお抱えだ。

対立派閥だからといって交流が絶たれている訳ではないけれど、ジークベルトが第一王子派の夜会に、オーケストラを聴きに行くというのはいくらなんでも外聞が悪い。

もしも派閥の事情を知っていれば、絶対に口にしてはならないお誘いだ。

なのに、アリアドネは無邪気にジークベルトを誘った。それはつまり、アリアドネが派閥のことなんて理解していない、ただの子供でしかない、という証明である。

「……つまり、そのオーケストラを聴くために夜会に出席したのか？」

「はい、そうですけど？」

「それはつまり、父上が開催するパーティーで、そのオーケストラが演奏していたら、そちらのパーティーに出席する……と？」

「もしや、予定があるのですか!?」

あるはずがないと知りながら、アリアドネは素知らぬ顔で尋ねた。

「いや……その予定はない」

「そうですかぁ……」

あからさまにしょんぼりしてみせた。

「……というか、皇女宮の者には止められなかったのか？」

「いいえ？　あ、でも、以前はお母様に止められていました」

いまは、そのお母様が執務を出来る状態にない。だから、夜会に出席できたのだと匂わせれば、ジークベルトの顔に失望の色が滲《にじ》んだ。

（私がなにも考えていない小娘だって思ったでしょう？　デリラとルイーゼの件も同様に、裏なんてない、思ったまま行動しただけって思ってくれるかしら？）

それでジークベルトの警戒心が緩むのなら好都合だ。

ただし、使えない無能に認定されると困る。邪魔になるかもしれないから念のために殺しておこう——となりかねないから。

だから、アリアドネは回帰前の記憶を使った一手を打つ。使えない無能ではなく、役に立つ無能だと思わせるために。

「そう言えば、夜会で怖い話を聞いたんですよ」

「……ほう？　それはどんな話だ？」

対立派閥の情報を仕入れる機会はそう多くはない。なにか役に立つ情報が聞けるかもしれないと思ったのだろう。ジークベルトの目がギラリと光る。

（とっておきの情報をあげるわ）

アリアドネは神妙な顔で、実は——と口を開く。

「なんでも、ある領地で子供が行方不明になっているそうなんです」

「ほう、子供が？　他になにか言っていなかったか？」

食い付いた——と、アリアドネは表情には出さずに笑う。

だけど、決して自分で核心には触れない。人は他人に教えられた事実よりも、自分でたどり着いた事実を信じる傾向にあるからだ。

だから、ジークベルトがアリアドネの用意した答えにたどり着くように誘導する。

「他ですか？　ええっと……たしか、そうだ。それで近々その領主を呼び出して、場合によっては領主の地位を息子に継がせるとか言っていました」

「……そんなことを本当に言っていたのか？」

「全部聞こえた訳じゃないですけど、たぶんそんな感じでしたよ。でも不思議ですよね。痛ましい事件だとは思いますけど、それで当主に責任を取らせるなんて」

ダメ押しをすれば、ジークベルトはハッと目を見張った。

「アリアドネ、その領主の名は分かるか？」

「ええっと……家名なら。たしか……カストーム？　いえ、カストールだったかしら？」

「もしや、アストールか？」

「あ、そうです。アストール伯爵です！」

「ふふ、ふふふっ。そうか、アストール伯爵か！」

アストール伯爵が、領内で人身売買をおこなっている――という答えにたどり着いたのだろう。ジークベルトが楽しそうに笑う。彼はいまこう思っているだろう。こんな情報をぽろっと零《こぼ》すアリアドネが、自分を騙せるほど権謀術数《けんぼうじゅっすう》に長《た》けているはずがない――と。

（ちょろいなぁ。でも、こんなにも単純な男にまんまと騙されていたんだよね。あぁ、ほんと黒歴史ね。思い出しただけで恥ずかしくなるわ）

「アリアドネ、予想外に興味深い話だった」

「そうですか？　ジークベルト殿下のお役に立てて嬉《うれ》しいですわ」

キラキラと目を輝かせながら、ジークベルトには見えない角度で合図を送る。ほどなく、メイドに耳打ちされたソニアが近付いてきて、なにかを耳打ちする――素振りを見せた。

「まあ、お母様が？」

アリアドネも驚いた素振りを返す。

「ジークベルト殿下、大変申し訳ありません。実はお母様の容態に変化があったようで、お話の途中ではありますが……」

「それは大変だ。すぐに見舞いに行くといい」

「申し訳ございません。シビラ、ジークベルト殿下をお送りしてあげて」

「かしこまりました」

仕込みを済ませ、アリアドネは急ぎ足でその場を立ち去った。そのままジークベルトから見えない位置まで退避して、離れた位置に待機させていたアシュリーを呼びつける。

「アリアドネ皇女殿下、なにかご用でしょうか？」

「ええ。シビラに万が一のことがないように、騎士を連れて二人を見張りなさい」

「かしこまりました」

アシュリーが騎士を連れて二人の後を追い掛ける。

それを見送り、アリアドネはようやく緊張を解いた。

「……ふう。後は、シビラが上手《うま》くやってくれることを願うだけね」

見送られる最中、ジークベルトはシビラに探りを入れるだろう。だが、望外の情報を手に入れたことで、アリアドネへの疑いはほとんど晴れているはずだ。

あとはシビラが上手く誤魔化せば、問題なく騙し通せるだろう。なんて思っていたら、ソニアが物凄《ものすご》くなにか言いたげな顔を向けてきた。

「なにか言いたいことがありそうね。言ってかまわないわよ」

「……では、お言葉に甘えて伺います。アシュリー様を下がらせていたのは、さきほどの会話を聞かせたくなかったから、ですか？」

正解であると微笑《ほほえ》んでみせると、ソニアの表情が険しくなった。

「なぜあんなことを？　アストール伯爵は、第一王子派でも比較的有力な名家ではありませんか。なのに、当主の悪事をジークベルト殿下に告発するなんて」

「……あら、なんのことかしら？」

「とぼけないでください。アストール伯爵は人身売買をしているのですよね？　それに気付かないフリをしながら、ジークベルト殿下に情報を流したのでしょ？」

「さすがね」

その言葉に、ソニアが怒りを滲ませた。

「まさか、第一王子派を裏切るおつもりですか？」

「いいえ、私は、第一王子に味方すると決めているわ」

「ならばなぜ味方を売るような真似《まね》をするんですか？　たしかに許されざる悪事ですが、第一王子派の人々は、内密に処理することを望んでいたのでしょう？」

「あぁその話？　それは私の作り話よ」

「……え？　つ、作り話、なんですか？」

ソニアが信じられないとばかりに目を見張った。

「ええ。第一王子派の誰も、アストール伯爵の悪事に気付いていないわ」

「そんな情報をどうしてアリアドネ皇女殿下が知って……」

「知っている理由はもちろん秘密よ」

「……じゃあ。どうして第一王子派に教えなかったのですか？　断罪するにしても、内密に処理した方がダメージは少なくてすみますよね？」

「いいえ。そうしたらダメージが大きくなるの」

「……それは、一体」

さすがのソニアでも、その答えにはたどり着けなかったようだ。だが無理もない。それは、アリアドネがいまよりずっと未来で手にした答えだから。

「アストール伯爵家はね、第二王子派のある人物と内通して、密《ひそ》かに第一王子派の情報を流しているのよ。そして、その事実をジークベルト殿下は知らない」

これは決して珍しいことではない。

同じ派閥と言っても、自分達の利益のために手を組んでいるような集団だ。決して一枚岩ではないし、切り札の一つや二つ、秘密にしていることだって少なくない。

「ま、まさか、それでジークベルト殿下に潰させようと？」

アリアドネは肯定の意味で微笑んだ。

「第一王子派は裏切り者を排除できて、第二王子派には内部分裂の火種を作れるの。とっても素敵な計画でしょう？」

「……アリアドネ皇女殿下って、わりと悪辣ですよね」

ジト目を向けられアリアドネはけれど、いたずらっ子のように付け加える。

「ちなみにその内通相手、ウィルフィード侯爵なのよね」

「……アリアドネ皇女殿下」

「なにかしら？」

「とても素敵な計画ですね」

「でしょ？」

アリアドネはふわりと微笑んだ。

続けて、うーんと大きく伸びをする。

「さて、シビラは上手くやっているかしら？」

少し様子を見に行こうと足を進めると、ちょうど戻ってきたシビラと出くわした。

「シビラ、上手く出来た？」

「はい。特に疑っている様子はありませんでした。ただ……」

「ただ？　なにか問題があったの？」

もしそうなら、計画を練り直す必要があると身構える。

だけど――

「いえ、入れ替わりでお越しになったアルノルト殿下が客間でお待ちです」

返ってきたのは、予想していなかった答え。

「……この国の王子ってお暇なのかしら？」

「「そんな訳ないでしょう」」

使用人に総出で突っ込まれた。

2

アルノルトの来訪を聞かされたアリアドネは、彼の待つ客間へと急いだ。そうして部屋を訪ねると、彼は窓辺の席で本を読んでいた。

窓から差し込む光を浴び、彼の金髪がキラキラと輝いている。その姿は思わず見惚《みほ》れるくらいには絵になっていた。

その光景を眺めていると、視線に気付いたアルノルトが顔を上げる。

「アリアドネ皇女殿下、急に訪ねてきて申し訳ありません」

「いえ、こちらこそお待たせしました」

「ジークベルト殿下に会っていたそうですが、大丈夫でしたか？」

「ええ、上手くやり過ごしましたから」

アリアドネが微笑むが、それでもアルノルトは心配そうだ。

とはいえ、アルノルトにとって、ジークベルトは対立派閥の旗印《はたじるし》だ。自分が得るはずの王位を奪おうとする者と会っていたと聞いたのだから、警戒するのは当然だろう。

――と、アリアドネは思っているが、もちろん違う。回帰前の対人関係を引きずっているアリアドネはわりと鈍感だった。

(下手に言い訳をせず、本題に入った方がよさそうね)

「ところで、アルノルト殿下はどのようなご用件で？」

「ああ、そうでした。先日お願いされた品をお届けに上がりました」

「……まさか、その壁に並んでいるのがそうですか？」

さきほどから、あえて意識から外していた壁際へと視線を向ける。そこには、最高級のドレスが、これでもかと言わんばかりに並べられている。

異性から贈られたドレスを身に着けるのは、それなりに深い意味を持つ。それがパートナーから贈られたドレスならなおさらだ。

ゆえに、アルノルトが後ろ盾になっていると証明するために、ドレスが欲しいと可愛《かわい》らしくお願いしたのだが……いくらなんでも多すぎる。

「アリアドネ皇女殿下の好みが分からなかったので、似合いそうなドレスを用意しました。どうか、アリアドネ皇女殿下が好むドレスを選んでください」

「この中から、選ぶんですか？」

「当日に身に着けるドレスを選んでください。ここにあるドレスはすべて貴女のものですから」

「……あ、はい」

少し遠い目をして頷《うなず》いた。アリアドネはその後、アルノルトが用意したドレスを片っ端から試着するハメになった。幸いだったのは、アルノルトが自分の好みを押し付けようとせず、アリアドネの好みを尊重してくれたことだ。

（ジークベルト殿下なら、勝手に決めておしまい、だったんだけどね）

それに比べて手間は掛かったが悪い気はしない。アリアドネは深紅のシルク生地を基調に、白のフリルや刺繡《ししゅう》を差し色にした華やかなデザインを当日用のドレスに選んだ。

「アルノルト殿下、このドレスを当日用にさせていただきます」

「とてもよくお似合いですよ。そのドレスを身に着けたアリアドネ皇女殿下をエスコートできること、いまから楽しみにしていますね」

「はい。その……ご期待に添えるようにがんばります」

――と、色々あったが、アルノルトは軽く当日の打ち合わせをした後に帰っていった。

こうして、当日の準備は整った。

ほっと息を吐いていると、そこにハイノが現れる。

「ハイノ、そう言えばなにか用があると言っていたわね？」

「はい。実は……皇女宮の執務が滞っております」

「……え？」

「マリアンヌ皇女殿下が臥《ふ》せっておられますので。私が処理できる分はしていましたが、どうしても皇女殿下のサインが必要な執務がありまして」

「……あぁ、そうね。そうだったわ」

回帰前は、マリアンヌが死亡したことで強制的にアリアドネが引き継いだ。だが、そのときのアリアドネはなにをすればいいか分からず、ハイノにすべて委任していた。

今回も委任しているつもりでいたのだが、たしかにそういう話はしていない。

(最初から任せるという選択もあるけれど……)

「分かりました。お母様の代わりに私が執務をいたします」

「それは……」

ハイノが困った顔をする。おそらく、任されることを望んでいたのだろう。

(ハイノの能力は疑う余地もない。彼に任せておけば、皇女宮を維持するくらいなら心配する必要はないでしょうね。だけど、私はジークベルト殿下に対抗する力を手に入れなく

ちゃならない）

それには、ハイノに任せるだけじゃ足りない。未来を知るという、最強のカードを持つアリアドネ自身が、執務の最終的な決定権を得る必要がある。

「ハイノ、お願い。お母様の力になりたいの。それに、最初から重要な案件を任せてとは言わないわ。判子を押すだけのような仕事もたくさんあるでしょう？」

「……かしこまりました。では、後ほど部屋に届けさせましょう」

こうして、アリアドネは皇女宮の執務に関わることになった。

（な～んて、ハイノにしてみれば、私の能力なんてアテにしてないでしょうけどね）

オママゴトをする子供を見守るような気分だろう。それでも、ハイノが用意してくれた書類はすべて本物で、アリアドネはそれらの書類に目を通していく。

「……って、ほんとにサインをするだけの書類ばかりね」

例年通りの案件で、確認のサインをするだけという内容ばかりだ。それでも、ちゃんと目を通し、一つ一つを確認した上でサインをしていく。

そんな中、アリアドネは一つの収支報告書で目を留めた。

「……これ、こんな金額になるかしら？　ああ、やっぱりおかしいわ」

回帰前、ずっとジークベルトの執務に関わっていたからこそ分かる不自然さ。それに気付いたアリアドネは、その収支報告書に要調査という判を押した。

その後も書類に目を通していくが、他の書類に問題はなかった。アリアドネは結構な数の書類にサインしたものの、わずかな時間でそれらを処理してしまった。

だが、最後の一枚を目にしたときに顔色を変える。

「騎士団の予算申請書、か」

その予算申請書の内容自体には問題ない。ただ、騎士団と聞いて思い出すことがある。

アリアドネは第二王子派として、第一王子が率いる騎士団に何度も謀略を仕掛けた。

ゆえに、第一王子が率いる騎士団のこともよく知っている。なにか大きな事件がこの時期にあったはずだと、資料を調べたときの記憶を探る。

(騎士団……騎士団と言えば、王国騎士団の若き騎士団長、クラウスよね。彼がことあるごとに私の邪魔をして、そんな彼を牽制《けんせい》するために、私は闇ギルドを使ったんだっけ)

回帰前のアリアドネにとっては煩わしい敵、つまりは非常に優秀な騎士だった。だが、当初の彼は、騎士団長になってまだ日が浅かった。

彼が就任したのはちょうど今頃だった。

(あれ？　なら、それまでは誰が……っ)

不意に思い浮かんだのは、クラウスが就任した理由だ。彼の父、ヘンリック騎士団長が亡くなったために、その息子であるクラウスが騎士団長に就任した、という話。

（そうよ。当時は母を亡くして落ち込んでいた時期だから気に留めていなかったけど、後から読んだ資料にあったはずよ。たしか……そう。アルノルト殿下が襲撃に遭い、騎士団長がその命と引き換えに殿下を救ったんだわ）

つまり、いまから遠くない未来に、アルノルトの一団が襲撃されるということだ。そしてその時期を思い返したアリアドネは青ざめた。

建国記念式典の三日前にある狩猟大会、その最中に襲撃は起きた。

（クラウスは生真面目だけど優秀な騎士よ。敵に回せば厄介だけど、味方にすれば頼もしい存在になってくれるはず。もちろん、その父親であるヘンリック騎士団長も）

襲撃者全員が自害したために黒幕は分からずじまいということで決着が付いている。だが、犯人は間違いなく第二王子派の誰かだ。

つまり、これを未然に防ぐと言うことは、ジークベルトに一矢報いることにもなる。

それに——

ヘンリックが亡くなり、クラウスはその後を継いだ。

そんな彼の領地を護《まも》っていたのは、未亡人となったヘンリックの妻だった。

亡くなった夫のため、そして志を継ぐ息子のため、夫人が必死に守る領地に対し、アリアドネは容赦なく攻撃を仕掛けた。

そして、クラウスを脅迫したのだ。

これ以上家族を失いたくなければ、私の邪魔をするな――と。

(我ながら最低だったわね)

その事実は回帰によってなかったことになっている。けれど、アリアドネからその記憶が消えた訳ではない。だから――

(これからヘンリックを助け、ジークベルト殿下には苦汁をなめてもらうわ)

3

(最近、アリアドネ皇女殿下が変わられた)

ハイノは廊下を歩きながら心の中で呟《つぶや》いた。その手には、アリアドネがサインをした書類の束が握られている。受け取った書類を持って、執務室へ戻るところである。

ハイノの知るアリアドネは幼少期から優秀だった。

彼女に物心がついてすぐの頃、マリアンヌの指示で家庭教師が付けられた。

最初は算数や文字の読み書き程度だったが、アリアドネはあっという間にそれらを身に付けてしまった。

そして、6歳になった頃には様々な分野の家庭教師が付けられた。

いくら皇族とはいえ厳しすぎると思ったほどだ。

実際、そこらの令嬢なら耐えられなかっただろう。

だが、幸か不幸か、アリアドネは母親の愛に飢えていた。ろくに名前を呼んでもらうこともなく育った彼女は、母親に振り向いてもらうために必死だった。

その結果、アリアドネはあらゆる分野において優秀な成績を修めた。

だが――

(反面、自尊心が低く、人の顔色をうかがうような性格になってしまわれた)

母親の気を惹《ひ》こうとばかりしていたからだろう。いくら優秀であっても、自尊心が低ければ他人に取り込まれてしまいかねない。

――否。優秀であるからこそ、悪意ある誰かに付け込まれる可能性は高い。

とはいえ、アリアドネの立場は微妙だ。

高貴な生まれでありながら、自分の身を守る力がない。もしも優秀な彼女が野心を抱けば、周囲の人間は即座に彼女を始末するだろう。

だが、彼女は人に依存しやすい性格をしている。優秀な人間なら、彼女を殺そうとするのではなく、取り込もうとするはずだ。

そういう意味で、彼女の性格はこの環境下で生存するに向いていた。

けれど、マリアンヌが毒を受けて倒れたあの日、アリアドネは変わった。

優秀ではあっても、その能力の使い方を知らないでいる。

そんなふうに不器用だったはずの娘が暗殺者を退けて、小瓶の残留物から毒の種類を特定し、適切な処置をおこなうことで母親の命を救った。

いままでからは考えられない行動力だ。

しかも、彼女はそれからも変わった行動を取り続けた。

前王妃が主催する夜会に出席すると言いだしたかと思えば、そこで前王妃の信頼を勝ち取って、第二王子派による皇女宮への介入を牽制させるという一手を打った。

それ自体は、奇縁に恵まれただけと言うことも出来る。

だが、彼女は続けて、第二王子に通じていた侍女を排除した。

(あのときのアリアドネ皇女殿下は本当に恐ろしかった)

調査により、デリラとルイーゼが暗殺者を招き入れたことは明白だった。二人がジークベルトの密偵であるのなら、黒幕もジークベルトということになる。

もちろん、二人の証言を得た程度では、第二王子を断罪することは不可能だ。それどころか、訴えれば、妙な疑いを掛けたとしてレストゥール家がダメージを負うことになる。

それでも、真実を知りたいと思うのが人の情だ。

なのに、アリアドネは追及せず、デリラとルイーゼをあっさりと追放した。その結果、二人がジークベルトに殺されるであろうことを知りながら、である。

たがが外れている——とでも言えばいいのだろうか？　普通の人間は、たとえ相手が罪人であろうとも、手を下すことに躊躇《ちゅうちょ》するものだ。

あるいは、被害を受けたのが身内であれば、感情的に罰しようとするかもしれない。

だが、アリアドネはそのどちらでもなかった。表向きはデリラとルイーゼを寛容に許し、けれど淡々と、第二王子派が彼女達を始末するように仕向けた。

実際、デリラとルイーゼは数日を待たずして行方不明となっている。

本来であれば、レストゥール皇族に疑いの目が向いてもおかしくないタイミング。けれど、両家はこちらを疑うどころか、娘が行方不明になった事実を隠蔽している。

聞くところによれば、療養のために避暑地に送ったと証言しているそうだ。

騒ぎ立てれば、娘が横領の罪で解雇されたことが噂《うわさ》になる。しかも、その直後に行方不明となれば、よほど怪しいことに首を突っ込んでいたのでは？　と、噂されるだろう。

彼らの親はそれを避けたかったようだ。

アリアドネがそこまで計算していたのか、ハイノに推し量ることは出来ない。

だが、二人の行方が分からなくなったという報告を聞いた彼女の言葉は『手間が省けたわね』であり、『後のことは心配しなくて平気よ』であった。

（まるで、若かりし頃のマリアンヌ皇女殿下のようでしたな）

祖国がグランヘイム国に戦を仕掛けて滅んだ。本来であれば皆殺しになるはずだった皇族の中で、唯一生き残ることが出来た亡国の皇女。

彼女が生き残ったのは決して、ただ運がよかったからではない。彼女が宝石眼の秘密を持ち出し、王族にある取引を持ちかけたからだ。

いまのアリアドネは、その頃のマリアンヌを見ているようだ。

死と隣り合わせの状況にありながら、着実に力を付け始めている。もしこの先も生き残ることが出来たのなら、自由をその手で勝ち取るほどに成長するかもしれない。

とはいえ――

（アリアドネ皇女殿下はまだ未熟。政治を学んでいても、実務経験はありませんからな）

執務を任せるのはまだ早い。まずは自分が代行をして、そのあいだに少しずつ経験を積んでもらおう――というのがハイノの計画であった。

しかし、執務室に戻って書類に目を通していたハイノはそれを見つけてしまった。サインをするだけでよかったはずの束の中に紛れた、要調査の文字を。

「……これは、なぜ？」

アリアドネに渡したのは、サインをするだけでいいはずの書類のみだった。にもかかわらず、その一枚には要調査と書かれている。

（気負ったアリアドネ皇女殿下の暴走、といったところでしょうか）

ハイノはまだちゃんと目を通してはいなかったが、その収支報告書は一年前とほぼ同じ内容である。

（例年通りなのだから、問題があるはずも……いえ、待ってください。たしか、昨年は災害によって取引価格が高騰していたはず。なのに、そのときと同じ金額、ですと？）

去年と同じだったのだから――という落とし穴。すぐに市場価格を調べたハイノは、その収支報告書が、巧妙に改竄《かいざん》されたものであることを理解した。

「これは……また。さすがマリアンヌ皇女殿下の娘と言うべきでしょうか。いえ、たった一度で評価するのは早計ですな。念のために、もう少し試させていただくとしましょう」

そうして、再びサインをするだけでいい書類の束を用意した。

その中に一枚だけ、偽造した予算申請書を紛れ込ませる。数ヶ月まえに予算が下りている案件の書類をもとに、金額は二割増し程度に調整した偽の書類である。

（もしもこれにお気付きになったのなら、アリアドネ皇女殿下の執務能力は本物ということになるでしょうね。であれば、彼女に多くを任せても問題ないかもしれませんね）

そのための最終試験。

けれど、それから数日後。アリアドネのもとから返ってきた書類の束には、すべてサインがされていた。ハイノが作った偽の予算申請書にも許可が下りている。

「……前回は偶然だったのかもしれませんな。もちろん、優秀であることには変わりないのでしょうが、多くを任せるには時期尚早といったところでしょうか」

とはいえ、アリアドネはまだ若い。これから少しずつ学んでもらえばいいのだと考えながら、偽の予算申請書を破り捨てた。

直後――

「安心したわ」

背後から、アリアドネの声が響いた。

振り返れば、アメシストの宝石眼を妖しく輝かせるアリアドネの姿があった。

「ア、アリアドネ皇女殿下⁉　い、いつからそこに……」

「魔術でちょっとね。それより、答え合わせをしましょう」

アリアドネはそう言って、破り捨てられた予算申請書に視線を向ける。

「答え合わせ？　もしや、アリアドネ皇女殿下は、この予算申請書の金額がおかしいことに気付いていらっしゃったのですか？」

「おかしいのは金額だけじゃないでしょう？　その予算、既に下りているはずよ」

「――なぜそれを⁉　アリアドネ皇女殿下はご覧になっていないはずです」

アリアドネが処理した書類はまだ少ない。ハイノが偽造した書類のもととなった予算申請書は、それよりまえに処理されたものだ。アリアドネが知るはずはない。

「たしかに私は見ていないわ。でも、その取引相手は平民でしょ？　平民は資金繰りが大変だから、その時期の予算申請をいまごろになって送ってくるはずがないのよ」

もちろん、横暴な貴族なら処理を遅らせることもあるだろう。

だが、他の書類は素早く処理が為《な》されていた。マリアンヌが倒れて執務が止まっているとはいえ、処理しなければならない書類はすべて最近のものばかりだ。

つまり、その一枚だけが浮いている。

しかも、アリアドネに渡す書類は、ハイノが一度目を通しているはずなのだ。なのに、明らかにおかしい申請書が紛れ込んでいたとなると、第一容疑者はハイノ自身だ。

「そ、そこまで分かっていたのなら、なぜサインを……？」

「分からない？」

アリアドネは凪《な》いだ目でハイノを見つめた。

「……ど、どういうことでしょう？」

「簡単よ。貴方《あなた》が私を疑ったように、私もまた貴方を疑ったの。偽の予算申請書を作った貴方が、通った予算を横領する可能性を、ね。だから、あえて申請を通したのよ」

最初から指摘していたら、アリアドネを試すための試験だった――と言い逃れすることも出来る。だからこそ、予算を通した後のハイノの行動を注視した、という意味。

「そのようなことはあり得ません。私は古くからレストゥール皇族にお仕えする身。主《あるじ》を裏切るような真似は決していたしません」

「そうなのかもしれないわね。だけど、私はそれを知らない。貴方はそれをどうやって証明するつもりだったの？」

これがマリアンヌの指示であれば問題はない。だが、代行でしかないハイノが独断でおこなうには越権が過ぎる。

少なくとも、いまのアリアドネに、彼に対するそこまでの信頼はない。

「それは……あ、あぁ……私は、なんてことを」

ハイノがくずおれる。

「アリアドネ皇女殿下、大変申し訳ございません。私は貴女の信頼を損ねた責任を取って辞職いたします」

　どこまでも愚直だ。

　そして、回帰前の彼もそうだった。

　悪事に手を染めるアリアドネを最後まで諫《いさ》めようとしたのだ。アリアドネが、邪魔になった彼を排除するそのときまで。

（いまの私と彼のあいだに信頼関係はないけれど、私は回帰前の彼を知っている。本来なら、彼の忠義を確認する必要はなかった。だけど――）

　彼に実力を証明する必要はあった。

　それも、相手の予想を上回る形で。

　だから――

「馬鹿を言わないで。この状況で、執務内容を把握している優秀な存在を手放すはずがないでしょう？　これからもレストゥール家のために働いてもらうわよ」

「しかし、私は貴女の信頼を損ねました」

「申請書を破り捨てたことで貴方の信頼は回復しているわ。レストゥール家の未来を思うなら、私の能力は確認して然るべきね。だから、今回のことは不問にしましょう」

　執務能力に加え、過ちを犯した配下への対応力を見せつけることで自らの能力を証明する。最初から最後までアリアドネの計画だ。

「よろしいの、ですか？」

「ええ。そしてこれからも私を疑い、もしも私が間違った道に進んだら止めなさい」

「――仰せのままに」

4

皇女宮の執務は正式にアリアドネが引き継ぐことになった。

とはいえ、使える人間がいるのに使わないアリアドネではない。彼女は自分が引き継いだ執務の多くをハイノに委任した。そうして面倒な工程を経たことで、アリアドネは最終的な決定権という、皇女宮における権力を手に入れた。

これで、回帰前の記憶を使った強引な手段が執れる。

（でも、この力は皇女宮の中でしか通用しない。レストゥール皇族はしょせん、グランヘイム国に生かされている存在よ。もっと、力を付けないと）

ジークベルトも馬鹿ではない。いまは回帰前の知識を使って手玉にとってはいるが、近い将来、アリアドネが敵対していると気付くだろう。

そのときに対抗する力がなければ、敗北するのはアリアドネの方だ。

つまり、早急に味方を増やす必要がある。そう考えたときに思い浮かぶのは、狩猟大会の日に殺される運命にある、アルノルトが擁する騎士団の団長だ。

彼を助けることが出来れば、強力な味方になってくれるはずだ。

とはいえ、いまのアリアドネには、一人で襲撃者を撃退するほどの力はない。

ならばどうするか――

(とりあえず、護衛騎士を選ぶところからかしら、ね)

皇女宮に封じられていたアリアドネに護衛騎士はいない。

もちろん、皇女宮を護る騎士はいる。多くがレストゥール国が滅びるまえより皇族に仕える騎士であるため、忠誠心という意味で問題はない。

ただし、それはマリアンヌに対する忠誠心だ。

簡単な話、アリアドネが危険に首を突っ込もうとすれば止められる。これから暗躍するつもりなら、自分の命令を最優先にする専属の騎士が必要だ。

という訳で、アリアドネは皇女宮の中にある訓練場へと足を運んだ。

いつもなら、騎士達が訓練をしている時間。けれど、今日は訓練がおこなわれていない。

年配の騎士と、若い騎士が言い争っていた。

「なにを揉《も》めているのですか？」

アリアドネが問い掛ければ、その声に気付いた騎士が振り向いて頭を下げた。それに続いて、他の騎士達も臣下の礼を取る。

そんな中、言い争っていた片割れ、年配の騎士が口を開いた。

「――これは、アリアドネ皇女殿下。このようなところにどういったご用でしょう？」

「少し用事があってね。でもそのまえに、なにを揉めていたのか教えなさい」

「それは……」

年配の騎士が言葉を濁すのを見たアリアドネは、彼と言い争っていた若い騎士にターゲットを移し「なにがあったのか話しなさい」と命じた。

「はっ。……実は、ハンス隊長は……その、責任を感じておりまして」

「……責任？　あぁ、お母様の件ね」

「――うっ。その……申し訳ありません」

どうやら、アリアドネに襲撃事件を思い出させないようにと気遣っていたらしい。

「気遣いは不要よ。それより、彼はお母様に対する襲撃を未然に防げなかったことに対して責任を感じていると、そういうことかしら？」

「はい。大変痛ましい事件ではありますが、ハンス隊長にばかり責任がある訳ではありません。なのに隊長は、自分が責任を取って辞任すると言って……」

「よせ、ウォルフ。たとえどういう事情があろうとも、マリアンヌ皇女殿下をお護りできなかったのは、護衛騎士である俺の責任だ」

(隊長が責任を取って辞任するしないで、堂々巡りをしていたという訳ね)

アリアドネは、ハンスという騎士隊長の名前を覚えていない。対して、ウォルフのことは、回帰前のアリアドネに仕えていた護衛騎士として覚えている。

察するに、回帰前のハンスは、主を護れなかった責任を取って辞任したのだろう。

「護衛騎士である貴方が責任を感じることは理解できるわ。けれど、貴方に罰を与えることが出来るのは貴方自身じゃない。マリアンヌお母様だけよ」

「いいえ、マリアンヌ皇女殿下が意志を示せぬいま、俺を罰することの出来る人物がもう一人いらっしゃるはずです。……そうでありませんか、アリアドネ皇女殿下」

「そう。私が執務を引き継いだことを知っているのね」

「はい。アリアドネ皇女殿下。どうか、主を、マリアンヌ皇女殿下を護れなかった愚《おろ》かな騎士に罰をお与えください」

たしかに、いまのアリアドネにはその権限がある。それを知ったハンスは、主の娘であるアリアドネに罰せられることを望んだのだろう。

「……私の処断に従うというのね？」

「無論でございます」

「いいわ。ならば罰を与えます」

「――アリアドネ皇女殿下！」

ウォルフが止めようとする。それだけでなく、成り行きを見守っていた他の騎士達も、責任なら自分にもありますと詰め寄ってきた。

（ハンスは部下に慕われているのね。……私はどうだったかしら？　なんて、考えるまでもないわよね）

自分がどんなふうに処刑されたのかは記憶に新しい。アリアドネが断罪されたとき、庇《かば》ってくれる人は一人もいなかった。

それが、悪逆皇女として名を轟《とどろ》かせたアリアドネの末路。

（今度は、そんな虚《むな》しい結末を迎えたりしない）

だから――

「静まりなさい。貴方達の気持ちもよく分かったわ。それに、複雑な事情があったことも理解している。だけど、ハンスがお母様を護りきれなかった事実には変わりがない。よって、ハンスはお母様の護衛騎士から解任します。……ハンス、異論はないわね？」

「はっ。もちろんでございます」

ハンスが頷き、他の者達は苦々しい顔で沈黙する。

「では、代わりの護衛は誰がいいかしら？　ハンスの意見を聞かせなさい」

「俺の意見を聞いてくださるのなら、ウォルフを推挙いたします。まだ若い騎士ではありますが実力は折り紙付きです。必ずマリアンヌ皇女殿下を護り通すでしょう」

予想通りの答えだ。なにより、ウォルフの実力を知るアリアドネにとって、彼がマリアンヌを護ってくれるのなら大丈夫——という信頼がある。

「いいでしょう。ならばウォルフ。貴方をマリアンヌ皇女殿下の護衛騎士に任命します」

「……俺は」

「頼む、ウォルフ。俺の代わりにマリアンヌ皇女殿下を護ってくれ」

「ハンス隊長……分かりました」

彼は決意を秘めた目で頷き、それからアリアドネに向かって跪《ひざまず》いた。

「その任、謹んでお受けします」

「では、母に代わって任命式をおこないましょう。剣を貸しなさい」

「——はっ」

ウォルフはその場に膝を突いて、剣を鞘《さや》から抜いて差し出してきた。アリアドネはそれを受け取り、剣先をウォルフの首に添える。

「レストゥール皇族に仕えし騎士ウォルフよ。その誠実なる剣を持ち、我が母、マリアンヌ皇女殿下を護る盾となることを誓うか？」

「はい、誓います」

誓いの言葉を受け、首にトントンと刀身を当て、最後に剣を突き付ける。

「誓約はここに成された。そなたを我が母の護衛騎士と認めよう」

剣を返せば、任命式は終了だ。

それは本来であれば厳かで、とても尊い儀式である。だが、騎士達の表情はどこか曇っている。その理由を知るアリアドネはハンスへと視線を向けた。

「さて、次は貴方に罰を与えましょう」

「……罰、ですか？」

「ええ。まさか、護衛騎士を解任しただけで許されると思っていないでしょうね？」

「いえ、滅相もありません」

ハンスは驚きこそすれ、アリアドネの決定に不満を抱いていないようだ。だが、他の騎士達の表情には明らかに不満が滲んでいる。

そのタイミング、アリアドネはイタズラっぽく笑みを浮かべた。

「ハンス、剣を貸しなさい」

「……かしこまりました。我が剣は今日を以《もっ》て返上いたします」

ハンスは鞘に入ったままの剣を渡そうとする。

「違います。必要なのは剣だけですよ」

「……え？　あぁ、失礼しました。ですが、剣で、なにを……？」

困惑しながらも、鞘から抜いた剣を差し出してくる。それを受け取ったアリアドネは、ハンスに向かって跪くように命じる。

そして、戸惑いながらも従うハンスの首に剣を添えた。

「レストゥール皇族に仕えし騎士ハンスよ。その愚直なる剣を持ち、我——アリアドネの敵を討ち滅ぼす剣となることを誓え」

アリアドネの言葉に騎士達がざわめき、ハンスが信じられないと顔を上げる。

「……ア、アリアドネ皇女殿下、これは？」

「知っての通り、お母様が毒に倒れました。よって、当分は私が当主としての執務を引き継ぎます。外に出ることも多くなるでしょう。……そして、命を狙われることも」

護衛騎士にとって、主を護れないという結果はとても不名誉なことになる。

「お、俺にアリアドネ皇女殿下の護衛騎士になれとおっしゃるのですか？　しかし、俺は失態を晒《さら》した身なれば、そのような栄誉を受け取る訳にはまいりません！」

「たしかに、貴方は失態を犯しました。それによって私のお母様は死ぬところだった。それは騎士にとってあるまじき失態なのでしょう。ですが……」

そう言って、ハンスを心配そうに見つめる騎士達に視線を向ける。

「貴方はこんなにも部下に慕われている。それはきっと貴方が、よい騎士だったからでしょう。私はそんな貴方にもう一度チャンスを上げたい。それに――」

アリアドネは茶目っ気たっぷりに笑う。

「聞いていなかったのですか？　私の護衛は非常に困難です。私の護衛騎士を務める者は貧乏くじでしょうね。だからこそ、これは罰です。ハンス、私の護衛騎士となりなさい」

ハンスは目を見張り、それから身を震わせながら俯《うつむ》いた。

「――謹んで、お受けします」

ハンスが頷くのを受け、アリアドネが儀式を再開しようとする。

けれど、それより早くハンスが口を開いた。

「しかしながら、一つだけ、申し上げなければなりません。アリアドネ皇女殿下のお言葉を訂正する無礼をお許しください」

「許します」

「アリアドネ皇女殿下の護衛騎士になることが罰などとは断じて思いません。ゆえに、アリアドネ皇女殿下を守り抜くことで、我が汚名を雪《そそ》ぐことを誓います」

「……いいでしょう。ここに誓約は成されました」

こうして任命式を終えると、騎士達がハンスのもとへと駆け寄った。

レストゥール家に仕えると言っても、その実態はマリアンヌに仕える騎士だ。マリアンヌに愛されていないと思われているアリアドネへの忠誠心は高くなかった。

けれど、ハンスに慈悲を与えたアリアドネの優しさを、彼らは決して忘れないだろう。

5

狩猟大会。

普通の動物を狩るのではなく、森に潜む魔物をターゲットとしている。国が主催する年に一度の大会で、スポーツであると同時に、魔物を間引くことが目的とされている。

そういった事情もあり、参加には相応の危険が伴う。

傷付く者の大半は護衛だが、死傷者が出る年も珍しくはない。

ただし、年間の魔物による被害から考えれば微々たるものだ。身内の不幸に悲しむ者はいても、大会で死傷者が出たからと騒ぎ立てる者はいない。

（そのような価値観だから、暗殺するのにも躊躇《ためら》いがないんでしょうね）

この国の人間は人の死に慣れすぎている――と、死を撒《ま》き散《ち》らしていた悪逆皇女が心の中で独りごちた。そのアリアドネは、パンツルックで馬に乗って護衛を引き連れている。競技者として、狩猟大会に参加するつもりなのだ。

ちなみに、安全な観覧席には令嬢も多く参加している。

というか、令嬢が気になる殿方の無事を祈ってハンカチを贈ったり、殿方が気になる令嬢に魔物から得た魔石を捧げたり――意外とロマンスがあふれていたりもする。

だが、令嬢が狩猟に参加するというのは非常に珍しい。

アリアドネの勇姿に、会場にいた者達がざわめいている。

ちなみに、純粋にアリアドネを心配する声もあれば、女性であることを理由に揶揄《やゆ》する声もある。だが一番大きいのは、ご令嬢達の黄色い声だった。

「……はぁ、あの宝石のように輝く瞳、とても素敵ですわ。わたくし、彼女にハンカチを贈ろうかしら」

「気持ちは分かるけど、彼女はレストゥールの皇族よ。いくら先代陛下に許された存在とはいえ、近付くのはやめておいた方がよろしくてよ」

「ですが、彼女はイザベル前王妃のお命を救ったという話ですよ？」

「そうでしたわね。では、オリヴィア王女殿下は彼女のことをどうお思いなのですか？」

令嬢達の視線が、輪の中心にいたオリヴィアに集まる。彼女は先代国王陛下の忘れ形見、アルノルトの妹である。

彼女は扇で口元を隠し、「そうですわね……」とアリアドネに視線を向けた。

「様々な噂を耳にしますが、やはり直《じか》に話してみなければ分かりませんわ。ただ、お母様を救っていただいたことは、心から感謝しています」

――とまあ、そんな感じで騒いでいる。アリアドネのもとにすべてが聞こえてくる訳ではないけれど、オリヴィアの視線には気付いている。

（オリヴィア王女殿下かぁ……苦手なのよね）

陛下が亡くなった直後に、イザベル前王妃が産んだ前陛下の忘れ形見。同じ15歳ながら非常に優秀で、人々を惹き付けるカリスマ性がある。

常に正しき道を行き、アリアドネのまえに何度も立ちはだかった。アリアドネが第二王子派の悪逆皇女なら、オリヴィアは第一王子派の聖王女である。

（よし、逃げよう）

戦略的撤退とばかりにその場を立ち去った。だが、アリアドネはどこに行っても目立つ。

新たな場所でも注目の的になっていたアリアドネのもとに、ジークベルトが近付いてきた。

「……誰かと思えばアリアドネではないか。そのような恰好《かっこう》でなにをしている？　……まさか、狩猟大会に参加するつもりか？」

「ジークベルト殿下、そのまさかですわ」

「ははっ、止《や》めておけ。おまえには無理だ」

アリアドネはこめかみを引《ひ》き攣《つ》らせた。

（落ち着けー、落ち着くのよ、私。侮ってくれた方がいいじゃない）

ジークベルトに限らず、この国の貴族達は、男と女で役割を分けて考える節がある。

だが、ジークベルトはどちらかといえば実力主義だった。基本的な考えは他の貴族と変わらないが、使えるのなら男でも女でも関係ない、というスタンスだ。

その彼が、アリアドネにさきほどのような発言をした。それはつまり、アリアドネの欺《ぎ》瞞《まん》が上手く作用した結果、彼がアリアドネを侮っている、ということに他ならない。

なのに、ここで実力を見せるのは下策だ。

侮られたままにしておいた方がいいに決まっている。

「恥を掻《か》きたくなければ、観覧席で大人しくしているんだな」

「――あら、大丈夫ですわ。私の護衛騎士は優秀ですから。そうだ、ジークベルト殿下、私と貴方の護衛騎士、どっちがより多く魔物を狩るか勝負しませんか？」

年相応の無邪気な笑みを浮かべ、どうせ魔物を狩るのは護衛の騎士なんでしょ？　と毒を吐く。ジークベルトの顔が一瞬だけ引き攣った。

「……まあ、そこまで言うのなら好きにしろ。せいぜいがんばるんだな」

ジークベルトはそう言って立ち去っていった。

それを見送っているとハンスが口を開く。

「アリアドネ皇女殿下、たしかに実際に魔物を狩るのは我ら護衛の仕事ですが、それは護衛を従える主の力、ということになるんです。ですから、その……」

「ジークベルト殿下がなにもしていない、みたいに言うのは止めろって？」

言《い》い淀《よど》むハンスに対し、アリアドネは小悪魔のように笑った。

「……まさか、わざとですか？」

アリアドネはそれに微笑を浮かべることで応じた。

「……勘弁してください。王族に毒を吐くなど、肝が冷えましたぞ」

「分かってる。もうしないわ」

ジークベルトにされたことを考えれば些細《ささい》な反撃だが、それで彼の敵愾心《てきがいしん》を煽《あお》るのは得策ではない。しばらくは大人しくしていようと誓う。

もっとも、その手の誓いを、アリアドネが守ったことはあまりないのだけど……

閑話休題。

狩猟の準備を進めていると、今度はアルノルトがやってきた。

「アリアドネ皇女殿下、その恰好はもしや……？」

「ええ、狩猟大会に出場するつもりです」

「危険です。毎年多くの者が怪我《けが》をしています。貴女になにかあったらどうするのですか。魔石が欲しいのなら私が捧げますから、どうか危険な真似は止めてください」

「心配してくださるのはありがたいですが、私は狩りを止めるつもりはありません」

アリアドネがそう口にすると、アルノルトは小さく息を吐いた。アリアドネの年齢や華奢《きゃしゃ》な身体《からだ》付きを見れば、その反応も無理はない。

ジークベルトのように見下すのではなく、純粋にアリアドネのことを心配してくれている。その気遣いは心地よいのだが、アリアドネの目的は襲撃事件を防ぐことだ。

「アルノルト殿下、心配してくださるのなら、狩りに同行させていただけませんか？」

「それは……」

アルノルトは瞳を揺らした。

次の瞬間――

「アルノルト殿下が向かわれるのは森の深部です。アリアドネ皇女殿下が同行するには少々危険な場所と言えるでしょう」

アルノルトの背後に控えていた騎士が口を挟んだ。

（クラウス・レーヴェ。今日亡くなる運命を持つヘンリック騎士団長の息子ね。回帰前にぶつかり合ったときは優秀だったけど、いまはまだ未熟と言ったところかしら？）

主の会話に騎士が割って入るのは礼を逸した行為だ。もちろん、主を護るために必要な行動ならば許されるが、決して褒められた介入の仕方ではない。

その証拠に、クラウスは隣に立つ騎士に窘《たしな》められている。

（でも、ハッキリ言われてしまった以上は引き下がるしかないわね）

「そういうことであれば同行は諦めます。わがままを言って申し訳ありません」

アリアドネが頭を下げれば、アルノルトが困った顔をする。

「いえ、気にする必要はありません。出来れば、狩猟大会への参加も諦めて欲しいところではありますが」

「残念ながらそれは出来ませんわ」

「……そうですか。ならばせめて、護衛騎士達の言うことを聞くと約束してください」

「もちろんですわ、アルノルト殿下」

そんな気はサラサラないというのに、アリアドネは満面の笑みで頷いた。だが、それを知るよしもないアルノルトは、アリアドネの背後にいる騎士達へと視線を向ける。

「私が言うまでもないことだが、主をよくよく護ってくれ」

「はっ。アルノルト殿下のお言葉、胸に刻み護衛にあたります」

ハンス達がかしこまる。それを確認したアルノルトは去っていった。

こうして、狩猟大会が始まる。各々が森へ入っていき、アリアドネの一行もまた、馬に乗ったまま森へと入ったのだが――

「アリアドネ皇女殿下、魔物が現れました。我々の背後で――」

アリアドネがパチンと鳴らせば、狼型《おおかみがた》の魔物は爆散した。

その光景に、護衛の騎士達が目を見張る。

「ア、アリアドネ皇女殿下、いまのは？」

「……え？　あぁ、魔石だけでなく、毛皮も得るつもりなら爆散はまずかったわね。ごめんなさい、次からは倒し方にも気を付けるわ」

「い、いえ、そうではなくて……」

ハンス達はアリアドネの実力を目の当たりにして言葉を失っている。だが、発揮する機会がなかっただけで、アリアドネはもとから優秀なのだ。

しかも、回帰前の記憶を持つアリアドネは実戦経験も多く積んでいる。回帰後も訓練を積むことで、失った体力や魔力も当時のレベルに近付きつつある。それを意図的に見せつけた。彼らが自分の命令を優先するようにするための布石として。ゆえに、『私、なにかやらかしたかしら?』みたいな態度はわざとである。

満を持して、アリアドネは作戦を次の段階に移行する。

「さて。それでは森の深部に向かいましょう」

クラウスが森の深部に向かうと言っていたし、開始時にアルノルトの一行が向かった方角も確認している。なにより、狩猟大会に使われる領域には印があり、立ち入れる領域はそれほど広くない。森の中でアルノルトを見つける自信はあった。

だが、深部に向かうというアリアドネの発言にハンスが難色を示す。

「アリアドネ皇女殿下、魔物は奥に行くほど強くなる傾向があります。深部に向かわれるのは危険です。狩りならこの辺りでいたしましょう」

「忠告ありがとう。でも深部に向かうのは決定よ」

「アリアドネ皇女殿下!」

口調を強めたハンスの瞳には、絶対に無茶をさせないという強い意思が感じられる。マリアンヌを護れなかったことで、今度こそという想《おも》いに駆られているのだろう。

「ハンス、貴方の心配はもっともよ。でも私の目的は狩りじゃないの。レストゥールの未来のために、どうしても深部にいく必要があるのよ」

「それは、一体どういう……」

「残念だけど、いまはまだ言えないわ。でも、これからの行動でそれを証明してみせるわ。だからどうか、私を信じてくれないかしら？」

ハンスを見て、それから他の騎士達を見る。

アリアドネは彼らの主だ。だが、従来の主は護られるべき存在だ。

騎士は主を護るため、主の命令に逆らうこともある。

ゆえに、彼らがアリアドネの指示に従うかどうかは、彼らがアリアドネを護るべき主だと見ているか、それとも付き従うべき主だと見ているかによって変わる。

正直、幼く、主人になったばかりのアリアドネには分の悪い賭けだった。

だけど――

(ここで彼らが従ってくれなければ、ヘンリックを救うことは不可能よ)

だから、どうか――と、アリアドネは胸のまえでぎゅっと拳を握り締める。

次の瞬間、ハンスが馬を下りてその場にかしこまった。

続けて、他の騎士達も馬から下り、一斉にその場にかしこまる。

「もとより、俺は貴女の剣になると誓った身なれば、ご命令に従うまででございます」

「……ありがとう。ならば、私についてきなさい」

6

狩猟大会の会場となる森の深部。

アルノルトの護衛、クラウスは馬を歩かせながら物思いに耽《ふけ》っていた。

彼は騎士団長である父、ヘンリックの背中に憧れて騎士になった。

その憧れの騎士であるヘンリックは元々、先代の王に仕える騎士だった。ゆえに、先代の王の息子、アルノルトの護衛騎士に選ばれたことをクラウスは名誉に思っている。

だが、だからこそ、中継ぎの王が約束を違《たが》え、先代王の息子ではなく、自分の息子に王位を継がせようとしていることが気にくわない。

(あの皇女はラファエル陛下の婚外子だ。冷遇されているなんて噂もあるが、しょせんは第二王子派の人間だろ。腹の底でなにを企《たくら》んでるか分からないし、アルノルト殿下に近付けてたまるか)

派閥が違うからといって、必ずしも敵という訳ではない。利害相反によって対立していても、心情的には気の合う存在もいる。

けれど、最近はきな臭いことが続いており、クラウスは神経を尖《とが》らせている。

だから、主に近付くなとアリアドネに警告した。もっとも、父であり、上司でもあるヘンリックに、おまえが口を出すことではないとお説教をされてしまったが。

（……まあ、アルノルト殿下に警告するならともかく、皇女に直接警告するな――っていうのは分かるんだよ。でも、アルノルト殿下はあの皇女のことを気に入ってる。実際、イザベル前王妃を助けてくれたのも事実なんだが……なんか嫌な感じがするんだよな）

会った回数は数えるほどしかなく、実際に言葉を交わしたのは今日が初めてだ。にもかかわらず、アリアドネには何度も辛酸をなめさせられたような錯覚に襲われる。

とにかく、アリアドネのことを警戒していた。

だから――だろう。

それに気付くのが遅れたのは。

「――クラウスっ！」

我に返った彼が目にしたのは、あいだに割り込んできたヘンリックの背中だった。続いてヘンリックの向こう側に黒尽《くろず》くめの男が映り、金属音が森に響き渡った。

「襲撃だ！　アルノルト殿下をお護りしろ！」

ヘンリックの警告を受けて剣を抜く。それとほぼ同時、周囲から黒尽くめの男達が飛びだしてきた。そのうちの一人がクラウスに斬り掛かってくる。

「――っ」

一撃目を弾《はじ》き、その隙に反撃を――と思った瞬間には追撃が放たれていた。クラウスはとっさに馬の手綱を引いてその一撃をやり過ごす。

(ちっ、短剣が相手だとやりにくいな!)

一撃一撃の重さがない代わりに、切り返し速度が尋常じゃない。ならば――と反撃に意識を切り替えようとした瞬間、寒気を覚えて上半身を仰《の》け反《ぞ》らせる。

次の瞬間、目の前をなにかが通り過ぎたかと思えば、近くの幹に矢が刺さった。

「気を付けろ、遠距離攻撃の使い手がいるぞ!」

警告すれば、アルノルトが魔導具《まどうぐ》を使って風の結界を張る。

飛来した矢が結界によって弾き飛ばされた。だが、クラウスの視界に映ったのは、呪文を詠唱する魔術師らしき男の姿。

風の結界では、魔術の攻撃を防げない。

「――させるかっ!」

腰から短剣を引き抜いて投げる。その一撃が魔術師の肩に吸い込まれた。魔術師は呻《うめ》き声《ごえ》を上げて構築中の魔術を霧散させるが、すぐにでも態勢を立て直すだろう。

誰か対処をと周囲を見回すが、既にそこかしこで戦闘が始まっている。

「父上、このままここに留《とど》まるのは危険です！」

「分かっている！　俺達で突破口を開く。おまえはアルノルト殿下を連れて逃げろ」

「ああ、任せてくれ！」

「よし――行くぞ！」

掛け声の下、ヘンリック達が包囲網の一角に突撃を掛ける。命懸けで作った突破のチャンス。逃す訳にはいかないとクラウスは手綱を握り締めた。

「殿下、俺に付いてきてください！」

アルノルトが頷くのを見て突撃を開始する。逃すものかとばかりに立ち塞がろうとする敵は、ヘンリック達が壁となって防いだ。

矢も射掛けられるが、それは風の結界が弾き散らす。そうして活路を切り開いたクラウスが先頭を駆ける。その後にアルノルトが続き、更に後ろには他の騎士が続く。

からくも包囲網を突破。馬を持たぬ敵を置き去りにするが、すぐに馬を駆る敵勢がどこからともなく現れて追い掛けてくる。

「クラウス、そっちは森の奥だ！」

後方で馬を駆るアルノルトが叫んだ。

「分かっています！　ですが、ここで引き返せばさきほどの敵と合流される可能性があります。いまは足を止めず、敵部隊から距離を取るのが先決かと」

「分かった、おまえに任せる！」

（アルノルト殿下が決断力のある方で助かった）

もしも突破するときに二の足を踏んでいれば、あのまま包囲されて全滅していただろう。

アルノルトがためらわなかったおかげでひとまずの危機は乗り越えたが、それでも状況は厳しいままだ。なんとかしなければと必死に考える。

「なっ!?」

アルノルトの焦った声が背後から聞こえた。

振り返れば、虚空に投げ出されたアルノルトの姿が目に入る。足場の悪い森で馬がバランスを崩し、馬から投げ出されてしまったようだ。

クラウスはそれを、スローモーションのように知覚する。

（アルノルト殿下の腕を摑《つか》んで引き寄せるか？　――無理だ。この体勢からでは届かない。だとすれば――）

クラウスは馬から飛んで、虚空でアルノルトを庇って地面にダイブした。アルノルトを庇ったまま落ち葉の上を転がっていく。

ようやく止まったクラウスは、全身を襲う酷《ひど》い痛みに顔を顰《しか》めながらも起き上がった。

「アルノルト殿下、ご無事ですか？」

「あ、あぁ、おまえが庇ってくれたおかげだ」

「そうですか、よかった……」

「クラウス、どこか怪我をしたのか!?」

痛みに歯を食いしばりながら、問題ありませんと答える。

そこに、後続の騎士達が馬を寄せてきた。

「アルノルト殿下、ご無事ですか!?」

「私は平気だ。それよりもクラウスが怪我をした！」

「俺は平気だ。アルノルト殿下を頼む！」

アルノルトを味方の騎士の方へと突き飛ばす。

「クラウス、おまえはこっちに乗れ」

他の騎士が腕を差し出してくれるが、クラウスは首を横に振った。負傷している自分が馬に乗せてもらっても、足を引っ張るだけだから――と。

「アルノルト殿下の安全を優先しろ！　俺はここで敵の追撃を食い止める！」

「なにを言っているんだ、クラウス！　ここに残ることは許さないぞ！」

アルノルトが声を荒らげるが、クラウスに手を差し出していた騎士は悲痛な表情を浮かべた後、歯を食いしばって腕を引っ込めた。

「……クラウス、死ぬなよ！」

「待て！　クラウスっ、クラウス――っ！」

騎士達が馬を駆け、アルノルトを連れて走り去っていった。

代わりに近付いてきたのは、黒尽くめの襲撃者だった。クラウスは剣の柄《つか》に手を掛けるも腕に力が入らず、剣を取り落としてしまった。

（……まいったな）

アルノルトを救ったことに悔いはない。

だが、まだ父のように立派な騎士団長になるという夢は叶《かな》っていない。ここで死ぬ訳にはいかないと、痛む身体に鞭を打って足下の剣を拾おうと手を伸ばす。

だが、今度はバランスを崩して無様に転んでしまった。黒尽くめの襲撃者が、クラウスを無言で見下ろしながら剣を振り上げる。

「くっ、ここまでか……」

――刹那、クラウスの意識が一瞬だけ途切れた。

次の瞬間、クラウスと襲撃者のあいだに割って入る騎士の姿があった。背中だけでも分かる。駆けつけたのはクラウスの父、ヘンリックである。

頼もしいと思い続けてきた背中。だが、その背中を見たクラウスは青ざめる。

父は全身が血塗《ちまみ》れになっていたからだ。

「クラウス、アルノルト殿下はご無事か！」

「はい、仲間に託しました！」

「よくやった！　ならば、俺はここで敵を足止めするとしよう！」

ヘンリックは獣のように咆哮《ほうこう》し、黒尽くめの襲撃者に襲いかかる。全身傷を負いながら、それでも黒尽くめの襲撃者と互角の戦いを繰り広げる。

その勇姿を、クラウスは決して忘れないだろう。

だが、クラウスが父の勇姿を見るのはそれが最後だった。ヘンリックは最後の最後で暗殺者と刺し違え――結果、クラウスだけが生き残ったからだ。

そして、身を挺《てい》してアルノルトを救ったクラウスは称《たた》えられ、亡きヘンリックの跡を継いで、若き騎士団長として就任することになる。

父を殺されたクラウスは、第二王子派に更なる敵意を抱くようになった。やがて、第二王子派の筆頭として暗躍を始めるアリアドネと戦うことになる。

そして、領地や家族を人質に取られた。

『大切な人をこれ以上失いたくなければ、私に逆らわないことね』

まるで魔女のように笑うアリアドネをまえに、クラウスは悲痛な叫び声を上げた。


——刹那が終わり、クラウスはハッと我に返る。地面を這《は》いつくばる彼の目の前に、黒尽くめの襲撃者が立ちはだかっていた。

(これは……現実？　なら、さっきの光景は幻か？)

絶望的な状況から、絶体絶命の状況に戻されただけだ。

(でも……父上が死なないのなら、その方がマシかもな)

そうすれば、領地はヘンリックが護ってくれるだろう。あの悪夢のようにだけはならないはずだと、クラウスはこの状況から脱することを諦める。

なのに——

「クラウスっ！」

さきほど見た幻のように、血塗れのヘンリックが助けに駆けつけた。

「ち、父上？」

「ぼうっとするな。アルノルト殿下はご無事なのか！」

「は、はい。仲間に託しました」

「そうか、よくやった！　ならば、後はおまえを助けるだけだな！」

悪夢の焼き直しのように、ヘンリックが黒尽くめの襲撃者と戦闘を開始する。

「ダメだ、父上！」

このままではヘンリックが死んでしまう。あの悪夢が現実のものとなってしまう。それを止めようと剣を握るが、クラウスの身体はまるで言うことを聞かない。

そのあいだにも戦闘は続き、悪夢と同じようにヘンリックが最後の一撃を放とうとする。

「……くっ。誰か、誰でもいい！　父上を助けてくれ！」

切実なる願いを込めた絶叫。

「――その願い、私が叶えてあげる」

次の瞬間、クラウスの視界が真っ白に染まった。

――否。

それは馬上から飛び降りたことで広がった、アリアドネの髪だった。彼女はその髪が重力に従って纏《まと》まるより早く腕を敵に向け――パチンと指を鳴らした。

晴天を切り裂くように鳴り響く雷鳴。次の瞬間、ヘンリックと相対していた襲撃者が雷

に打たれた。加えて、彼女の騎士が周囲を警戒しながら集まってくる。

「クラウス、これで借りは返したわよ」

彼女がクルリと振り返った。ふわりと広がる青みを帯びたプラチナブロンドの髪。そして整った顔立ちは、あの悪夢の中にいた魔女と同じ――はずだった。

だが――

「……って、クラウス!?　しっかりなさい、クラウス！」

傷だらけのクラウスを見た彼女は、見ている方が可哀想《かわいそう》になるほどに取り乱した。あの悪夢の中で見た、恐ろしい魔女とはまるで違う。

（はは、彼女が怪しいなんて、俺はなにを勘違いしてたんだ？）

もう大丈夫だという安心感を抱き、クラウスは晴れやかな気持ちで意識を手放した。

7

クラウスが目覚めたのは、何処《どこ》かの部屋にあるベッドの上だった。

上半身を起こせば、ベッドの縁に身を預けて眠る少女の横顔が目に入った。青みがかった銀髪がベッドの上に零れ落ち、窓から差し込む朝日を浴びてキラキラと煌《きら》めいている。

美しい少女だ——と、クラウスは息を零した。

(たしか、今年で15歳だったか？)

彼女が駆けつけなければ、自分達に悲惨な結末が訪れたことは想像に難くない。彼女は窮地を救ってくれた恩人だ。クラウスは、そんな彼女のためになにが出来るかを考える。

(忘れられた皇女と揶揄される弱い立場。俺が彼女を護れば……)

寝息を立てるアリアドネの髪にそっと手を伸ばした。

「無防備なレディに触れるつもりか？」

伸ばした指先がアリアドネに触れる直前、静かな声がクラウスを牽制した。視線を向ければ、ソファに身を預けるアルノルトの姿があった。

「殿下、お怪我はありませんか？」

「ああ。おまえ達のおかげで無事だ。この恩には必ず報いると約束しよう」

「もったいなきお言葉。それで、その……他の者は無事でしょうか？」

アルノルトを逃がすためにずいぶんと無茶をした。何人かは犠牲になっていてもおかしくはない。そんな覚悟を抱いて尋ねた。

「心配するな。命に別状のある者はいない。一番の負傷者はおまえの父だったが、アリアドネ皇女殿下が治癒魔術を使ってくださったおかげで、後遺症が残ることもないそうだ」

治癒魔術を使ったと聞き、驚いてアリアドネの寝顔に視線を向ける。

治癒は魔術の中でも比較的習得が難しい部類に入る。それを実用レベルで使いこなし、敵を一撃で撃ち倒すほどの攻撃魔術まで扱う皇女など聞いたことがない。

ましてや、彼女はまだ15歳だ。

「彼女は何者なのでしょう？」

「恩人だ。母上と私達の命を救ってくれた、な」

アリアドネの異常性に気付かないはずはないが、アルノルトは迷わず恩人だと口にした。彼女の異常性を理解した上で、恩人として扱うという意思表示である。

（たしかにその通りだな。彼女は俺や父上を救ってくれた）

騎士になった以上、主のためにその命を差し出す覚悟は出来ている。それは騎士団長であるヘンリックも同じことである。だが、それでも、死に対する恐怖はいつも感じていた。

父親と自分の生還を、クラウスは心から喜んでいる。だが、様々な緊張感から解放されたいま、代わりにある疑問が浮かび上がった。

「ところで、殿下はなぜここに？」

「……ああ。おまえが目覚めるまで付き添うというのでな」

誰がとは言わなかったが、彼の視線は愛らしい寝息を立てる少女に向けられていた。

（あぁ、そうか。アルノルト殿下は、彼女のことを……）

クラウスが彼女を認識したのは先日の夜会の席だった。

対立派閥が主催する夜会に現れた彼女は、周囲から好奇の視線に晒されていた。それでも臆することなく悠然と微笑む、弱冠15歳の彼女は美しくもあり、同時に恐ろしくもあった。

だが、狩猟大会にパンツルックで現れた彼女は爽やかで、窮地に現れた彼女の背中はとても頼もしく、振り返ったときの彼女の顔は慈愛に満ちていた。

そして、ベッドの縁に身を預けて眠る姿は無垢《むく》な少女にしか見えない。

いくつもの顔を持つ少女。だが、眠っているときが一番無防備であるのは歴然だ。であるならば、いま見せている愛らしい寝顔こそが素の姿なのだろう。

（……彼女は、無邪気なだけでは社交界を生き抜けないことを知っているんだな）

その生き様を尊いと思う。

だが、クラウスはそんな彼女を敵と見なして遠ざけようとした。これからどのような態度を取ったとしても、その事実が消えることはない。

（もう少しだけ早く気付いていれば――いや、それは言い訳か。過ちを犯したのなら、ここから取り戻せばいい。たとえそれがどんなに困難であろうとも）

「そう言えば、アリアドネ皇女殿下は俺を心配して、一晩付き添ってくれたんですね」

唐突にマウントを取りに行く。

その意図に気付いたアルノルトが眉をひそめた。

「……言っておくが、それはおまえが傷だらけだったからだ」

「ですが、俺よりも父上の方が傷だらけだったのでしょう？　という訳で、アルノルト殿下は部屋にお戻りになったらいかがですか？」

「馬鹿を言うな。うら若き娘を、下心を抱く男と二人っきりに出来るか」

「失礼な。心配なら、侍女でも待機させればいいではありませんか」

アルノルトと真正面から牽制しあう。歳《とし》が近いこともあり、この二人は比較的友人のような関係にある。それでも、このようにぶつかり合ったのは今回が初めてだった。

「……クラウス、おまえは主に譲るつもりはないのか？」

「そういうアルノルト殿下こそ、命の恩人に譲るつもりはないのですか？　あぁ、そう言えば、恩に報いると言っていましたよね？」

「ふざけるな。これとそれとは話が別だ」

ぐぬぬと睨《にら》み合《あ》っていると、アリアドネの眉がピクリと跳ねた。

傷だらけのクラウスを目にしたとき、アリアドネは大きなショックを受けた。ヘンリックが死ぬ未来は知っていても、クラウスが傷付く可能性を想像していなかったからだ。回帰前のアリアドネが目にした記録には、襲撃事件で死亡したのはヘンリックのみ。他に死亡者はおらず、脱落した騎士もいないとあったから。

だがそれでも、無傷であるはずがなかったのだ。

だから、傷だらけのクラウスを見て取り乱した。彼が目覚めるまで付き添うとわがままを口にして、隠していた治癒魔術を騎士達に使ったのもそのためだ。

だが、彼の容態が安定し、寝顔が穏やかになるのを目にして緊張の糸が切れた。そうして眠りこけていたアリアドネは、話し声を耳にして目を覚ます。

身を起こせば、上半身を起こしたクラウスの姿があった。

「クラウス、身体は平気ですか？　どこか、痛いところはありませんか？」

起き上がってクラウスに詰め寄ると、その身体をペタペタと触る。

「アリアドネ皇女殿下、俺は大丈夫です。だから、その……」

目を逸《そ》らすクラウスを見て、怪我を隠しているんじゃないかと心配になる。だが、クラウスの身体をペタペタと触っていたアリアドネは、背後からその腕を掴まれた。

「アリアドネ皇女殿下、相手は怪我人ですよ」

「あら、アルノルト殿下、まだいらしたのですね」

「……いたら悪いのですか？」

「え？　いえ、そんなことはありませんが……」

（どうして、そんな捨てられた子犬みたいな顔をするのよ？）

「……ええっと。アルノルト殿下は、クラウスと仲がよいのですか？　さきほど、なんだか親しげに話していたような気がするのですが」

そう尋ねた瞬間、アルノルトがピシリと固まった。

「もしかして、会話が聞こえていたのですか？」

「え？　いえ、内容までは」

「そう、ですか……」

アルノルトとクラウスが揃《そろ》って息を吐く。

「アリアドネ皇女殿下。アルノルト殿下は、俺と貴女が部屋で二人っきりになることを心配なさったんだ。貴女はうら若い娘だからな」

「クラウス、余計なことは言わなくていい」

——ということは、事実なのだろう。それなら使用人の一人でも待機させればよかったのでは？　とアリアドネは思った。

「それよりもアリアドネ皇女殿下、そろそろ戻られた方がいいのではありませんか？」

「……戻る、ですか？」

こてりと首を傾けた。

「貴女は私の離宮で一晩明かしていますから」

「……あ、そうでしたね。急いで連絡をしなければ……」

うら若き令嬢が、殿方のいる屋敷で一夜を明かした。後ろめたいことなどなに一つないが、それを知るのは当事者だけだ。放っておけば好き勝手に噂されかねない。

そう顔を青ざめさせるアリアドネに対し、アルノルトが溜《た》め息《いき》を吐《つ》いた。

「ご心配なく。昨日のうちに連絡済みです」

「……なにからなにまで申し訳ありません」

「いいえ、貴女は私達の窮地を二度も救ってくださいましたからお気にならさず。それと、馬車は手配済みですので、皇女宮までお送りいたしましょう」

アルノルトが手を差し出してくる。

「……殿下がエスコートしてくださるのですか？」

「貴女が旗色を決めたくないという事情は理解しています。ですが、アリアドネ皇女殿下が母上を救ってくださったことは周知の事実ですし、今回の件もすぐに広がるでしょう」

（たしかに、誤魔化すのも限界でしょうね）

どちらの件も偶然を装ってはいる。けれど、偶然だろうがなんだろうが、マリアンヌの件を含めれば、三度も暗殺を阻止したという事実に代わりはない。

ここまで来れば、誤魔化すことに労力を割くよりも、第一王子派という後ろ盾を利用して、身を護る作戦に切り替えた方がいいだろう。

そう覚悟したアリアドネは、そっとアルノルトの手を取った。

Kaiki shita akugyakukouja ha
kurorekishi wo
nurikaeru

第4章

宝石眼の秘密

Chapter 4

1

建国記念式典の当日。

姿見を前にたたずむアリアドネは、シビラを始めとした侍女や、ソニア達メイドの手によって着飾られていく。

ドレスは最高級の一品。

深紅のシルク生地を基調に、白のフリルや刺繍を差し色にした華やかなデザイン。小粒の宝石が散りばめられているそれは、アルノルトから贈られたものだ。

そのドレスを身に纏ったアリアドネは、ハーフアップの緩やかな髪型にしている。彼女は侍女達に身を任せながら、着飾った自分を鏡越しに眺める。

わずかに青みを帯びたプラチナブロンドに、澄んだアメシストの宝石眼。アルノルトから贈られた最高級のドレスを身に着けていても、素材は少しも負けていない。

だから――

「シビラ」

「かしこまりました」

合図を送れば、シビラが紅い薔薇を象った髪飾りを髪に付けてくれる。

（私にとって、このパーティーは重要な意味を持つことになるかもしれない。だからお母様、どうか私を見守っていてくださいね）

祈るように、鏡に映った――母とよく似た自分を見つめる。

そこに、わずかな違和感が滲んだ。

（……もしかして……）

かつてのマリアンヌは、鏡に映るアリアドネと同じように紅い薔薇の髪飾りを付けていた。それに心を奪われたアリアドネが綺麗だと口にして、マリアンヌは紅い薔薇が好きなのかと聞き返した。

二人にとってはとても珍しい、けれど些細なやりとり。

それは、いまのアリアドネにとっては遠い過去――去年の出来事だ。

そこまで考えたとき、ふとシビラの言葉を思い出した。

（庭園の薔薇を赤に変えたのって……あれが切っ掛け？）

そうかもしれないし、そうじゃないのかもしれない。

母に愛されていたのか、いなかったのか。

アリアドネの中には相反する想い出が存在する。だけど、だからこそ、アリアドネの胸にじわりと温もりが広がっていく。

「アリアドネ皇女殿下、準備はよろしいですか？」

「……ええ。準備は……出来ているわ」

なんの準備とは口にせず、決意を胸にドレスルームを後にする。

こうして、復讐の第三幕が始まった。


「アリアドネ皇女殿下……とても素敵ですよ」

廊下に出ると、アルノルトが待ち構えていた。

「ありがとう。アルノルト殿下も素敵ですよ」

肩口に零れた髪を手の甲で掻き上げて微笑んだ。

アルノルトの見惚れるような視線をその身に感じながら、アリアドネはエスコートを許すと手を差し出す。

「本日はよろしくお願いいたしますね」

「ええ、お任せください」

アルノルトのエスコートを受け、アリアドネは馬車に乗り込む。そうしてパーティー会場の前で馬車を降りたアリアドネは、アルノルトと供に会場へと足を踏み入れる。

ほどなく、にわかに周囲が騒がしくなった。

国内の派閥を大まかに分けると、第一王子派と第二王子派、それに中立が存在する。違う派閥だからといっても必ず敵対している訳ではない。同じ派閥のメンバーだけが集まるパーティーも少なくないが、この建国記念式典は違う。

様々な思惑を持つ貴族達が一堂に会するパーティーだ。

異なる派閥の二人が束《つか》の間《ま》の逢瀬を楽しんでいると見ることも出来るし、アリアドネが第一王子派になびいたと見ることも出来る。

どちらにせよ、アルノルトとアリアドネは非常に目立っていた。

当然、その真相を確かめようと周りの者は興味津々だ。

しかし、こういう場においては、先に声を掛けられるのは原則として相手より身分が高い者か、既に知り合いになっている者達だけ。

という訳で、アルノルトの知り合いが探りを入れようと近付いてくる。

「アルノルト殿下、ご無沙汰しております」

「ああ、久しぶりだな。そういえば、そなたの領地で魔石の鉱山が見つかったそうだな」

「ええ。現在、魔石の質を調査中です」

「そうか、質のよい魔石が採れるといいな」

そんな世間話を交わした後、ところでそちらの女性は？　なんて調子で尋ねてくる。

「お初にお目にかかります。私はアリアドネ、レストゥール皇族の娘です」

「……おぉ、貴女が、あの――」

あの――の後になにを思い浮かべたのか。

少なくとも向けられた視線に侮蔑の色は感じなかった。そうしてアリアドネのことを観察した彼は、最初からそう予定していたかのようにドレスに視線を定めた。

「その素敵なドレスはもしや――」

今度はもしや――で言葉を濁す。貴族としては初歩的な言い回し。予想している答えを持ちつつも、違っていた場合を考えてのことだろう。

「アルノルト殿下からの贈り物ですわ」

「ほう、それはそれは」

今度はアルノルトに視線を向ける。

どんなつもりで贈ったのですか？　と言いたげな視線。

「既に噂を聞いていることだろう、先日、母が毒殺の憂き目に遭った。その際、真っ先に対応してくれたのがアリアドネ皇女殿下だったんだが……彼女はそれがプティデビュタントでな」

「おぉ、なるほどなるほど」

恩人に対する、お礼とお詫びだけ――というふうにも取れるし、自らがプティデビュタントをエスコートするほどの思い入れがあるというふうにも取れる。

相手の男は、そのニュアンスを摑《つか》もうと、わずかに目を細めた。

「ところで、その見事な髪飾りもアルノルト殿下の贈り物ですかな？」

「あぁいえ、これは……母の髪飾りです」

「お母様？　そういえば、マリアンヌ皇女殿下は療養中だと……」

「はい。母は私に礼儀作法を始めとした、様々な教養を身に付けさせてくださいました。この髪飾りを着けていると、母が見守ってくれているような気持ちになるんです」

「なるほど。お母様の回復を心よりお祈り申し上げます」

――と、こんな感じで、やってきた貴族達と迂遠《うえん》なやりとりを交わす。それから何人目かと挨拶を終えた後、アルノルトは母に呼ばれたと言って席を外した。

（いままで社交界に顔を出したことがない令嬢がぽつんと一人。普通なら不安になったりするんだろうけど……どうしようかしら？）

社交界の頂点に上り詰めた記憶を持つ、アリアドネにはなんら臆することがない。自然体でたたずみ、自分に興味を向ける人達に軽く社交辞令を交わして人脈を得る。

そうして順調に知り合いを広げていると、ほどなくしてジークベルトがやってきた。

「ずいぶんと派手に動き回っているようだな」

「ご機嫌よう、ジークベルト殿下。参列客と挨拶を交わしていただけのつもりだったのですが、なにか失礼をいたしましたでしょうか？」

「いや、これまでの……先日の狩猟大会の件だ。いままで狩猟に興味を示さなかったおまえが、なぜ急に参加しようと思った？」

「もちろん、魔物を狩るためですわ。そう言えば、大変なことに巻き込まれました。噂《うわさ》になっていると思いますが、ジークベルト殿下はご存じですか？」

ジークベルトに指摘されるより早く、自分からその話題を持ちかける。まるで、話題にされて困ることなんてない——とでも言うように。

虚を衝《つ》かれたジークベルトは、むっと唸《うな》った。

「たしか、アルノルト殿下が命を狙われたのだろう？」

「私は最後の方に少し巻き込まれただけなんですが、凄惨な光景で卒倒しそうでしたわ。ですが騎士の方は平然としていて。やはり荒事に慣れていらっしゃるんでしょうか？」

「……騎士は魔物と戦うことが多いからな」

ジークベルトがアリアドネの問いに答えていく。アリアドネの話術にはまり、自分が質問する立場から、質問される立場に入れ替えられていたことにジークベルトは気付かない。

だが、しばらくしてハッと目を見張った。

「ずいぶんと弁が立つようだな」

「……お褒めにあずかり光栄にございます？」

こてりと首を傾け、なぜ急に褒められたか分からない、という顔をする。だが、さすがに一度煙《けむ》に巻かれたと警戒を抱いたジークベルトは誤魔化されなかった。

「アリアドネ。その巧みな話術でなにを隠している？　襲撃の現場に居合わせたのは本当に偶然なのか？」

初歩的な引っかけだ。ここで重要なのは偶然かそうでないか――ではなく、アリアドネがどちら側に立った答えを返すか、である。ゆえに、アリアドネはわずかに驚いた仕草をした後、ジークベルトに顔を近付けて声をひそめる。

「……まさか、私が襲撃をおこなったと思っていらっしゃるんですか？」

絶対にあり得ない予測を口にした。だが、アリアドネが第二王子派であることを前提に答えるならばこれが正解だ。

もしも『私がアルノルト殿下を助けたと思っているのですか？』なんて口にしていたら、第一王子派であることを念頭に考えていると悟られただろう。

「いや、さすがにそこまでは考えていないが……」

ジークベルトから疑いの色が薄れていく。

切り抜けたと思った次の瞬間。

「詮索して悪かった。では、アリアドネ。俺と一曲踊ってくれるか？」

なんでもないふうに言い放たれたその一言に息を呑《の》んだ。

（やられた。最初からこれが本命だったのね）

アリアドネのパートナーはアルノルトだ。

そのパートナーを差し置いて、別の相手とファーストダンスを踊るのはマナー違反だ。

少なくともアルノルトに恥を搔かせることになる。

だが、ここで誘いを断れば、ジークベルトに恥を搔かせることになる。

つまり、彼はこの場でどっちに付くか選べと言っているのだ。

（なにも分からない子供のフリをする？　……うぅん、無理よ。さっきまで踏み込んだ会話をしてたのに、急に子供のフリをするのだって拒絶しているのと変わらないわ）

そうなると、選択はいたってシンプルだ。アルノルトを選ぶか、ジークベルトを選ぶかの二択。そして、ジークベルトを選ぶ訳にはいかない。

それはアリアドネにとって破滅ルートだから。

（可能なら、もう少し曖昧にしておきたかったけど、時間切れね）

覚悟はとっくに決まっていると姿勢を正す。けれどアリアドネが口を開く一瞬まえ、その場にアルノルトが現れた。

「彼女は私のパートナーだ。私と踊るまでお誘いはご遠慮願おう」

「ほう？　まだ踊っていないのなら、それは断られたのではないか？」

マナーを守れと牽制《けんせい》を入れるアルノルトに、ジークベルトが即座に応戦した。当然と言えば当然のことではあるが、王族同士の会話に周囲の注目が集まってくる。

「少し母上に呼ばれて席を外していただけだ」

「そうか？　それにしては、アリアドネが疲れているように見えるが」

「もし疲れているのなら、先日の襲撃に巻き込まれたからだろう。私の心配をして、朝まで付き添ってくれたからな」

「――アルノルト殿下!?」

急になにを言いだしてるの!?　と素で慌ててしまった。それで信憑性《しんぴょうせい》を増したのだろう。周囲の貴族からざわめきが上がった。

「アルノルト殿下。誤解を招くことを言わないでください。皆がいる病室で看病をしていただけではありませんか！　それに、アルノルト殿下は元気だったでしょう？」

「ふふっ。そうでしたか？」

アルノルトは笑って、アリアドネをさり気なく抱き寄せた。

ジークベルトのこめかみに青筋が浮かぶ。

「……そう言えば、先日は大変だったそうですね。アルノルト殿下も少し休んだらどうですか？　アリアドネの面倒は俺が見ておきますよ」

「心配には及ばない。襲撃の計画がずさんだったおかげで大事には至っていないからな。いや、襲撃を計画した者が間抜けで助かった」

「――っ」

一触即発の雰囲気で真正面からぶつかり合っている。

さすがのアリアドネもここまで大事になるのは想定外だ。どうしたらいいかと視線を巡らせたアリアドネは思わず天を仰いだ。

「ずいぶんと騒がしいが、これはなにごとか？」

こちらに近付いてくるこの国の王、ラファエルの姿が目に入ったからだ。

2

「これはラファエル陛下」

アリアドネはもちろん、アルノルトやジークベルト、その場にいたすべての者が臣下の礼を取った。そんな中、ラファエルが厳かに「楽にせよ。ここは祝いの席だ」と告げた。

アリアドネは顔を上げ、ラファエルに視線を向ける。

（私の父親。でも、家名を名乗ることは許してくれなかった。そんなラファエル陛下とは、回帰前もあまり言葉を交わしたことがないのよね）

マリアンヌ以上に交流がない。ひとまず大人しくしていようとかしこまっていると、ラファエルが「それで、なんの騒ぎなのだ？」と口にした。

「申し訳ありません、ラファエル陛下。実はアリアドネ皇女殿下と踊る権利を懸けて、ジークベルト殿下と口論になっておりました」

（ア、アルノルト殿下、なに言っちゃってるの⁉）

第二王子派と決別する覚悟はあった。

でも、決別するのと喧嘩《けんか》を売るのは違う。ましてや、彼らをまえにして、真正面から喧嘩を売る予定なんて欠片《かけら》もなかった。

（あぁもう、どうしてこんな大事に。これからどうしたらいいの⁉）

予想外の状況に周囲の者達も息を呑み、固唾を呑んで成り行きを見守っている。そんな中、考える素振りを見せていたラファエルがジークベルトに視線を向ける。

「……ふむ。ジークベルトよ。いくらおまえが妹を溺愛しているからといって、妹の恋路にまで口を出しては嫌われるぞ？」

アリアドネが目を見張り、周囲が大きくどよめいた。

アリアドネは婚外子で、グランヘイムの家名を名乗ることも許されていない。

なのに、その言葉を口にした本人が、ジークベルトに向かってアリアドネはおまえの妹だと言った。

これで驚く人がいなければ嘘《うそ》だ。

ジークベルトも信じられないと口を開く。

「父上、それは――」

「なんだ？　アリアドネがわしの娘であるのは事実だろう？　アリアドネには王位継承権を与えておらぬが、娘であることを否定した覚えはない」

再び観衆がどよめいた。だが、回帰前を含めても、アリアドネがそんな言葉を聞くのは初めてだ。彼の言葉はとてもじゃないけれど信じられなかった。

（つまり、このタイミングでそんなことを口にする理由があるはずよ）

「それで、ジークベルト。おまえは妹の恋路の邪魔をするのか？」

「父上、俺は別に、そんなつもりは……」

「ならば、アリアドネを妹として見ていない、と？」

ラファエルが目を細める。

ジークベルトが否定すれば、兄として妹の恋愛に口を挟んでいると認めることになる。

だが肯定すれば、異性としてアリアドネを取り合っていると認めるに等しい。

その二択を迫られたジークベルトは、苦々しい顔で首を横に振った。

「申し訳ありません、父上。少し戯れが過ぎたようです」

「ふむ。妹を可愛《かわい》がる気持ちは理解できるが、ほどほどにするように」

「かしこまりました」

こうして、その場は収められた。

（……って、待って。なに？　これは一体どういうこと？　ラファエル陛下が私を護《まも》ろうとしている？）

ありえないことだけど、状況からはそんなふうにしか思えない。そうして困惑していると、ラファエルの視線がアリアドネを捉えた。

「さて、アリアドネよ。こうして直接話すのは初めてだな。いつかそなたと話してみたいと思っていたのだ」

「……光栄です、陛下」

（さすがにお父様、とは呼べないわよね）

試されている可能性も大いにあり得るという判断。

だが、ラファエルは少し寂しそうな顔をした。

「ラファエル陛下？」

「いや。少しテラスで風に当たりたい。付き合ってくれるか？」

「かしこまりました、ラファエル陛下」

断れるはずもなく、アリアドネは即座に頷《うなず》いた。

「父上、俺も同行させてください」

「ジークベルト、妹離れしろと言ったばかりであろう？」

「……失礼いたしました」

ジークベルトが引き下がる。

それを確認したラファエルは、続けてアルノルトに視線を向けた。

「アルノルト、そなたのパートナーをしばし借りてもかまわぬか？」

アルノルトの視線が向けられる。

その意図を汲《く》み取《と》ったアリアドネは即座に小さく頷いた。

「かしこまりました」


――という訳で、アリアドネはテラスで陛下と二人っきりだ。城内ということで護衛すら付いていないこの状況に、アリアドネは戸惑いを隠しきれない。

（……どういうこと？　というか、どうしてこんなに無防備なのよ？　回帰前の私がラファエル陛下を暗殺しようとして、どれだけ苦労したと思ってるの？）

第二王子派の一員として動いていたときですら、ろくに会う機会がなかった。なのに、いまは、二人っきりで会うことに成功している。

なにかボタンを掛け違っているような感覚だ。

「アリアドネ、大きくなったな」

「……陛下は、私の小さい頃をご存じなのですか？」

「ああ、知っている。数えるほどしか見たことはないが、そのときに目にした光景は決して忘れていない」

（どういうことなの？　まるで会うことを楽しみにしていたみたいじゃない）

「アリアドネ、マリアンヌが毒に倒れたと聞いた。……容態はどうだ？」

「……はい。少しずつではありますが、改善の兆しは見えています」

「そうか……マリアンヌの回復を心より願っている。そして、見舞いに行けぬこの身を許して欲しい。わしにできることは限られておるのでな」

「……陛下？」

（なに、これ？　なんなの？）

アリアドネの知るラファエルと違う。

「さて、もっとゆっくりと語りたいところだが、あまり時間もないことだ。邪魔が入るまえに本題に入ろう」

「拝聴いたします」

ラファエルの表情が変わったことに気付いて姿勢を正す。

「レストゥールの皇族がかつて、グランヘイムの王族だったことは知っているか？」

「はい。数百年前、政戦に負けて追放された王族だったと聞いたことがあります。そしていまのグランヘイムの王族は、政戦に勝った王子の末裔《まつえい》であると」

だからこそ、レストゥールの皇帝はかつての都を取り戻そうとした。それが、レストゥール皇国が、愚《おろ》かにもグランヘイム国に戦争を仕掛けた理由である。

「そう語られているな」

「……語られている？　なにか、疑惑がある、と言うことでしょうか？」

「疑惑の原因はアリアドネ、そなただ」

「……私、ですか？」

話が見えてこないと首を傾《かし》げた。

「正確には、そなたの宝石眼が原因だ。レストゥールの皇族は宝石眼を持って生まれる。そして、レストゥールの皇族は元々、グランヘイムの王族だった」

「……まさか、政変まえのグランヘイムの王族には、宝石眼があったのですか？」

「その通りだ。後の王族の手によって歴史から葬られた事実であるが、王だけが読むことを許された資料には、その事実がたしかに示されている」

（そう……そういうこと）

宝石眼は絶対に子孫に引き継がれる、という訳ではない。

だけど、レストゥールの皇族の多くが宝石眼を持って生まれ、グランヘイムの王族にはただ一人として宝石眼を持って生まれる者がいない。

つまり――

（いまのグランヘイムの王族はただの簒奪者《さんだつしゃ》。王族の血を引いて……いない？）

あくまで可能性の問題だが、そう考えるのが自然だ。

それに気付き、アリアドネの顔から血の気が引いた。

「やはりそなたは賢いな。その事実は秘されているが、自らその答えにたどり着いた者もいる。たとえば、ジークベルトのように、な」

(あぁ……そうか。だからジークベルト殿下は、私を……)

宝石眼を持つアリアドネこそが正統な王の血を引く娘。アリアドネを自分の伴侶とすることが出来るなら、その子供は真の王族の証《あかし》を持つ王族となる。

だが取り込むのが不可能なら……殺してしまえばいい。

宝石眼を持つのはマリアンヌとアリアドネのみだ。その二人をこの世から消し去れば、真の王族の証なんて話は関係なくなる。

「ところで、アリアドネはアルノルトに付いたのだな」

「――っ」

油断したところに、いきなり切り込まれた。もしもさきほどまでの会話が、アリアドネの油断を誘うための話術なら大成功だ。

アリアドネはみっともなくうろたえて、答えあぐねてしまう。

「……わ、私は」

「そなたが警戒していることは分かっている。だが、わしはそなたの幸せを願っている」

理解できない。

理解できるはずがなかった。

回帰前のアリアドネは彼を父と慕うことを諦め、最後にはその命を奪おうとした。父が自分の幸せを願っていたなどと、理解する訳にはいかなかった。

だけど、アリアドネは理解してしまう。

真の王族の証を持つアリアドネに王位継承権があれば、他の王族から真っ先に命を狙われる。王族と認めないことこそが、彼女の命を守る唯一の手段だったのだ——と。

「ラファエル陛下、私は……」

「……いいのだ。そろそろ戻ろう。あまり長居してはアルノルトが心配するだろう」

会場に戻ろうと身を翻す。

寸前、ラファエルが小さな声で呟《つぶや》いた。

「アリアドネ、そなたにグランヘイムを名乗らせるつもりはない。だから……思うままに生きるがよい。そなたの選んだ未来を、わしは陰ながら見守っている」

セミエピローグ

Semi-epilogue

パーティー会場に戻ると、二人の王子がまだ牽制し合っていた。

アルノルトの瞳は緑で、ジークベルトの瞳は青。共に美しい瞳であることに変わりはないが、アリアドネの宝石眼とは違う普通の瞳だ。

(王族の証、か……)

罪を犯した皇族の証ではなく、真の王族の証だった。

いまの王族が宝石眼を失った王族なのか、王位を簒奪した貴族だから宝石眼がないのかは分からない。けれど、数百年掛けて歴史から葬られた真の王族の証。そういう名目があり、宝石眼を持つ王の娘が現代に存在する。

重要なのはその事実で、真実がどうなのかなんてもはや関係ない。

——真の王族の証を持つ娘、彼女こそが真の王族だ、と。誰かが高らかに叫べば、誰もその言葉を否定できない。

ゆえに、回帰前のジークベルトは水面下でアリアドネを手に入れようとした。アリアドネに自分の子、男児を産ませることが出来れば、王位を簒奪する名分を作りやすいから。けれど、アリアドネはジークベルトを兄としか思っていなかった。となると、なんらかの口実で幽閉し、無理矢理子供を産ませるのが次善策になる。

だが、それは難しい。

端的にいって、アリアドネはやり過ぎたのだ。

表舞台では紅の薔薇として社交界の頂点に立ち、裏舞台では希代の悪女として暗躍した。なんらかの口実で幽閉するのに、彼女はあまりに有名すぎた。

だが、さきほども言ったようにアリアドネはやり過ぎた。彼女の暗躍によって、ジークベルトのライバルは死亡するか、その力を大きく削《そ》がれていた。

真の王族の証などなくとも、ジークベルトの即位を邪魔する者はいない。あえて言うのなら、真の王族の証を持つアリアドネだけが、唯一の懸念事項と言えた。

それこそが、回帰前のアリアドネがジークベルトに裏切られた理由。

（私は……生き残れるのかしら？）

さきほど、ラファエルの『妹として見ていないのか？』という問い掛けに、ジークベルトは『戯れが過ぎたようです』と答えをはぐらかしている。

回帰後の彼は、まだアリアドネを取り込むつもりがあるのだろう。

だがアリアドネには、ジークベルトに従うつもりなんて欠片もない。アリアドネがそう思っている以上、ジークベルトはいつか必ず、アリアドネを殺そうとするだろう。

そしてアリアドネもまた、ジークベルトを許すつもりはない。

殺すか、殺されるかのどちらか一つ。回帰前のジークベルトがアリアドネを殺した瞬間、それは避けられぬ未来となったのだ。

ゆえに、彼に対抗する力を急いで付ける必要がある。

決意を新たにしていると、アリアドネの視線に気付いたジークベルトが歩み寄って来た。

「アリアドネ、父上はなんと？」

宝石眼のことは絶対に口に出来ない。

アリアドネがその事実を知ることは、彼に対するアドバンテージである。

だからこそ、アリアドネがそれに気付いたと知った瞬間、ジークベルトはアリアドネを殺そうとするだろうから。

「……アリアドネ？」

「あ、その……グランヘイムを名乗らせるつもりはないと、あらためて」

「そう、か」

「はい。ただ、ジークベルト殿下を頼ることはかまわないようです。兄と呼んでもかまわない、とも。……仲良くしてくださいますか？」

必ず復讐《ふくしゅう》を果たす。

自分を陥れた彼を許すつもりはない。

だけど――

（欺けるうちは、全力で欺いてやるわ）

そうしていつか、騙《だま》されていたと知った彼は、どんな顔で絶望してくれるだろう――と、そんな心の内を隠し、ジークベルトに親愛の表情を向ける。

瞬間、ジークベルトの顔がわずかに歪《ゆが》んだ。

「ああ、もちろんだ。だから……先日のような話を聞いたら教えてくれよ」

「ええ、期待していてくださいね。おにいさま」

殺意は欠片も見せず、笑顔で別れを告げた。

それから入れ替わりで、心配そうな顔をしたアルノルトが近付いてくる。

「アリアドネ皇女殿下、大丈夫でしたか？」

「ありがとうございます。アルノルト殿下が庇《かば》ってくださったおかげで、どうにか乗り切ることが出来ました。このご恩は決して忘れませんわ」

「気にする必要はありません。でも、もしも本当に感謝してくださっているのなら――」

彼は片手を胸に添え、優雅に頭を下げた。

「私と一曲、踊っていただけますか？」

「……はい、喜んで」

アルノルトにエスコートされ、アリアドネはダンスホールへと足を運ぶ。

煌《きら》びやかなシャンデリアの灯《あか》りに照らされたダンスホール。パーティーに参加した客達が踊っているその舞台の真ん中で、アリアドネとアルノルトは静かに向かい合った。

ワルツのリズムに合わせて互いに歩み寄り、どちらともなくホールドを取る。アルノルトのリードに合わせて、アリアドネはステップを踏み始めた。

多くの者達が注目する二人のダンス。

最初は小さく、互いの想《おも》いを確かめ合うように。続けて大きく、互いの限界を見極めるように。徐々にアルノルトのステップが複雑になっていく。

（……私の知っているルーティーンと違う？）

ワルツは三拍子だ。その三拍子の中ならば、どんなステップを踏んでもいい。とはいえ、普通は決まったステップを踏み、曲に合わせた順番――ルーティーンで踊る。

同じ曲でも複数のルーティーンがあるし、国や地方によっても違うことがある。だけど、アルノルトが示すルーティーンは、回帰を経たアリアドネでも知らないものだった。

(自分の示した道に付いてこれるか？　ってところかしら？　紅の薔薇を舐《な》めないで欲しいわね。私だって、自らの手で未来を切り開かなきゃいけないんだから！)

アルノルトのリードを完璧にフォローしたアリアドネはカツンとヒールを鳴らし、次の瞬間、自らリードを示した。

ワルツにおいては、男性がリードを示すのが普通。その常識を破ったアリアドネに対し、アルノルトはわずかに目を見張る。だが、彼は焦ることなくフォローに回った。

アリアドネが示したのはごくごく普通のルーティーン。平凡な人生を望んでいることを暗に示せば、彼はそれに迷うことなく追随してきた。

アリアドネが笑って主導権をアルノルトに返す。再びアルノルトのリードでおこなわれるダンス。彼は有名なルーティーンを選び、アリアドネを魅《み》せるようにリードする。

ダンスを通し、彼の思《おも》い遣《や》りが伝わってくる。

「……アリアドネ皇女殿下、本当はラファエル陛下になにを言われたのですか？」

「どうして、本当は、などと聞くのですか？」

「貴女《あなた》とダンスを踊ったから、ではダメですか？」

彼もまた、ダンスを通してアリアドネの性格を理解しつつあるのだろう。

だから、アリアドネは小さく笑った。

「そうですね。嘘を吐《つ》くときは、真実の中に少しだけ嘘を混ぜることにしているんです」

「つまり。基本的には真実だと？」

「はい。正確には、グランヘイムを名乗らせるつもりはない。好きに生きろ――と」

「たしかに、嘘ではありませんね。受ける印象はまったく違いますが」

優雅にステップを踏みながら、頭ではまったく別のことを考える。アルノルトもまた物思いに耽《ふけ》っている。おそらく、ラファエルの思惑を考えているのだろう。

そうしてダンスを踊っていると、アルノルトが再び口を開いた。

「アリアドネ皇女殿下は、これからどうするのですか？」

「……生き残る手段を探します。今回はラファエル陛下とアルノルト殿下の機転でうやむやに出来ましたが、潜在的には既に第二王子派の敵と見なされているでしょうから」

宝石眼の秘密を知った以上、悠長なことはしていられない。今日、この瞬間にだって暗殺者に襲われるかもしれない。いまのアリアドネには未来を見据える余裕がない。

不安に顔を歪めると、アルノルトが「大丈夫ですよ」と微笑んだ。

「初めて見たあなたは、無遠慮な視線に晒《さら》されながらも悠然と微笑んでいましたね。それにアシュリー嬢をあしらう姿は大人びていて、母を救ってくれたあなたは凛々《りり》しかった」

「……恐縮ですわ」

唐突な褒め言葉に困惑しつつも、くすぐったさを覚えてはにかんだ。

「母上が貴女に言った突拍子もない話を覚えていますか？」

「……それは、もしかして？」

一つだけ、思い当たる言葉があった。

アリアドネには第二王子派に対抗するための後ろ盾が必要だった。理想はアルノルトとの婚約。だけど、それに見合う対価を差し出すことが出来ないと諦めていた。

でも、いまのアリアドネにはその対価となる切り札がある。

いつの間にかワルツは終わっていた。束の間の静寂が訪れたダンスホールの真ん中で、二人は静かに見つめ合った。彼の瞳の中に、アリアドネの宝石眼が映り込んでいる。

あぁ——と、確信を抱くアリアドネ。

アルノルトは一歩下がり、その場に片膝を突いた。

「アリアドネ皇女殿下、必ず貴女を守ります。どうか、私と結婚してください」

セミプロローグ

Semi-prologue

忘れられた皇女と蔑まれていたアリアドネ。彼女は一夜にしてラファエルの娘として認められ、アルノルトには求婚されることとなった。

そんな時の人であるアリアドネだが、決して手放しに喜べる状況にはない。

ラファエルから明かされた宝石眼の秘密により、将来ジークベルトから命を狙われることが確実だからだ。

(でも、それは望むところよ)

力を付けるために敵対することを避けてきたが、復讐《ふくしゅう》の気持ちを忘れたことはない。アリアドネにとって、ジークベルトは最初から復讐するべき対象だ。

とまあそんな訳で、アルノルトからの提案に応じることにしたアリアドネは、詳細について話すべく、アルノルトとイザベルが暮らす離宮へと向かった。

アルノルトに求婚されたことは既に伝わっているのだろう。建国記念式典の翌日、事前の連絡もなく訪ねたというのに、すぐに最高ランクの応接室へと通された。

そうしてほどなく、アルノルトが部屋に現れた。

「アルノルト殿下、事前連絡のない訪問になって申し訳ありません。昨日の件について、出来るだけ早く話し合っておきたかったものですから」

「アリアドネ皇女殿下であれば遠慮はいりません。それで、話の内容というのはその……私の求婚を受け入れてくださる、ということでよろしいのでしょうか？」

「はい。アルノルト殿下が提案してくださった、契約結婚を受けたいと思います」

アルノルトの表情がピシリと固まった。

「……すみません。もう一度言っていただけますか？」

「え？　ああ、失礼しました。私はまだ未成年ですので、ただしくは契約婚約ですね」

「……いえ、それはいいのですが……契約、ですか」

アルノルトが思わず頭を抱えた。

「なにか問題がありましたでしょうか？」

「問題……いえ、契約でもなんでも、結婚には変わりありませんよね」

彼はそう言ってこめかみを揉《も》みほぐすと、話を続けて欲しいと促してきた。

「では、まずは私が望むことから。今後、私の命を狙ってくるであろう第二王子派の攻撃から、私を守っていただくことが望みです」

「……守るのは当然ですが、命を狙ってくる、とは？」

「え？」

アリアドネはここに来て違和感を抱く。

「貴女を第二王子派に引き入れようと、ジークベルト殿下が動いているのは知っていますが、それを失敗したからと言って、彼が貴女の命を狙うでしょうか？」

アリアドネの違和感が確信へと変わった。

宝石眼の秘密を知っていれば、アルノルトと婚約したアリアドネを、ジークベルトが殺そうとするのは必然だと分かるはずだ。

なのに、アルノルトはその答えにたどり着いていない。

（もしや、アルノルト殿下は宝石眼の秘密を知らなかった？）

回帰前のアリアドネすら知らなかった事実。であれば、アルノルトが知らないことも十分にあり得る。

（でも待って。それなら、アルノルト殿下が私に求婚したのは何故《なぜ》？）

宝石眼を自分の子供に引き継がせたいからだと思っていた。真の王族の証《あかし》を手に入れるためならば、第二王子派からアリアドネを守る価値は十分にある。

だからこその、契約結婚だと。

だけど、アルノルトは宝石眼の秘密を知らなかった。

ましてや、アリアドネが未来の記憶を持つことは知るはずがない。アリアドネが彼やその母親を救った実績もあるが、人はお礼で求婚したりしない。

(アルノルト殿下は私に好意を寄せている？)

その答えに行き着いた瞬間、アリアドネは胸を押さえた。

回帰前は敵だったとはいえ、アルノルトを嫌っていた訳ではない。敵ながらとても優秀な人間として評価していた。

だけど――

(私は彼を殺したのよ)

回帰によってなかったことになった未来。だけど、アリアドネは覚えている。

その彼に罪滅ぼしをするつもりはあるし、取引をすることにはなんの抵抗もない。だけど、彼の純粋な好意を利用することには抵抗があった。

「アルノルト殿下、大変申し訳ありません。実は――」

契約結婚だと思い込んでいた。

そう口にしようとした瞬間、アルノルトが首を横に振った。

「アリアドネ皇女殿下、その続きは言わなくて結構です」

「ですが、私は契約結婚だと勘違いしていて、だから……」

「契約結婚ですよ、これは」

アルノルトが微笑《ほほえ》んだ。

「……嘘《うそ》をおっしゃらないでください。アルノルト殿下は、私が命を狙われる理由をご存じないではありませんか」

「関係ありません。私が望むのは、貴女が私の伴侶となることです。そしてその対価に、私は貴女を守り続ける。これを契約結婚と言わず、なんというのですか？」

「それ、は……」

アリアドネの気持ちが伴わないことを知ってなお彼がそれを望むのなら、たしかに契約は成り立っている。それを、アリアドネが飲み込めるかどうかは別として。

（でも、実際の問題として、私には彼の力が必要よ。そして彼もまた私を必要としている。それが恋ではなく取引だというのなら、断る理由はない……はずよね？）

よく分からないというのがアリアドネの素直な感想だ。そもそも、アリアドネは恋愛感情に疎い。回帰前の彼女は、家族愛を得ることにすべてを費やしたから。

「……アルノルト殿下はそれでよろしいのですか？」

「いいもなにも、申し出をしたのは私ですよ？」

そこまで言うのなら――と、アリアドネは覚悟を決めた。

「分かりました。では契約いたしましょう」

「お受けくださってありがとうございます。では、さっそく契約内容について話し合いましょう。私はあらゆる苦難から貴女を護ると誓いましょう。貴女はその対価になにをしてくださいますか？」

（あれ？　結婚をすること自体が対価だったんじゃないの？　まあ私としては、ちゃんと宝石眼のことを話した上で、それを対価にした方が気持ちは楽だけど）

どうせ必要だからと、ここで宝石眼の秘密を明かすことにする。

「護《まも》っていただけるなら、貴方《あなた》に正統なる王族の証を授けます」

「……正統なる、王族の証、ですか？」

アルノルトが目を見開いた。

「ラファエル陛下から話を伺いました。レストゥールの皇族はかつて、政変で国を追われたグランヘイムの王族だった、と」

「その噂《うわさ》は知っています。ですが、それと、王族の証になんの関係が……っ」

アルノルトは息を呑《の》んだ。

アリアドネが、自らの瞳を指差したから。

「まさか、真の王族は……」

「そのまさかである可能性があるそうです」

宝石眼を持つレストゥールの皇族こそが、グランヘイムの王族の末裔《まつえい》。

そして、いまのグランヘイムの王族は、政変によって王位を簒奪《さんだつ》した者の血族で、王家の血を引いていない。

——かもしれないという事実。

「……これは、予想外でした」

「後悔なさったのなら、私との契約を破棄していただいてかまいませんよ」

「まさか、そのようなつもりはありません。ですが、そういった事情があるのなら、たしかにジークベルト殿下は、なにがなんでも貴女を奪うか殺すかするでしょうね」

アリアドネは神妙な顔で頷《うなず》いた。回帰前のジークベルトがアリアドネを身内に引き込んだ後、殺す選択をしたのはそれが理由に違いない。

「おっしゃる通りです。その点、婚約してしまえば私に手を出すことは難しくなるでしょう。とはいえ、それだけでは足りません。もしよろしければ、オリヴィア王女殿下を紹介していただけないでしょうか？」

「……私の妹を？」

「はい。彼女の力を借りたいのです」

オリヴィアは聖女のごとき求心力がある。回帰前は、大きな弱点を抱えていてもなお、アリアドネに対抗するだけの力があった。

彼女なら、心強い味方になってくれるだろう。

なにより、回帰を経たアリアドネは、彼女の弱点を取り除く方法を知っている。

「分かりました。では、妹に話を伝えておきましょう」

Kaiki shita akugyakukouj ha
kurorekishi wo
nurikaeru

第5章

口約束に隠された罠

Chapter 5

1

アルノルトとの話し合いを終え、皇女宮へ帰るべく馬車の乗り場へと向かう。馬車が遠目に見えたあたりで、アリアドネは不意に言い知れぬ違和感を抱いた。

「……シビラ、次の予定を聞きそびれたわ。アルノルト殿下に確認してきて」

「かしこまりました」

シビラを見送ったアリアドネは、アシュリーや護衛の騎士を従え、馬車のまえまで足を運ぶ。そうして出迎えた使用人に向かって声を掛けた。

「レストゥールの使用人じゃないわね。貴方はどこのどなたかしら？」

「……お初にお目に掛かります。私はカルラ王妃殿下にお仕えする執事でございます」

その言葉に、アリアドネに付き従う護衛のウォルフ達が一斉に剣の柄《つか》に手を掛けた。だが、彼らが動くより早く、アリアドネが手でそれを制した。

「それで、カルラ王妃殿下の執事が私になんの用かしら？」

「こちらを。招待状でございます」

カルラの印である封蠟《ふうろう》が施された手紙を渡されて息を飲む。

その場で確認すると、いまから王宮へ招きたいという旨が記されていた。それに目を通していると、ウォルフがそっと耳打ちをしてくる。

「アリアドネ皇女殿下、包囲されています」

「そのようね。突破は出来ると思う？」

「無傷で、とはいかないかと」

「……分かったわ」

ウォルフを下がらせて、カルラの執事へと視線を向ける。

「ここには目的が書かれていないけど、カルラ王妃殿下は私になんの用かしら？」

「少しお話をしたいそうです」

回帰前のカルラは前王妃を暗殺しているし、おそらくは前国王のことも事故死に見せ掛けて殺している。

そんな彼女の招待に応じて、無事に帰してもらえる保証はない。

だけど――

（カルラ王妃殿下は搦《から》め手《て》を好む人だもの。冷酷ではあるが、同時に理性的でもある。招待した相手を王宮で殺すなんて、リスクの高い方法は選ばないはずよ。あくまで可能性の問題だけど……）

少なくとも、ここで抵抗すれば確実に被害が拡大する。それに、個としての戦闘能力が高いアリアドネなら、王宮でなにかあっても生き延びられる可能性がある。

もろもろの可能性を考え、アリアドネは決断を下した。

「分かりました。招待に応じます」

「……これは、肝の据わった皇女様ですな」

執事が軽く目を見張った。

こうして、アリアドネは非公式ながら、王宮にある庭園へと案内される。お茶会の席が用意されたそこには、カルラが待っていた。

「こうして相見《あいまみ》えるのは初めてね、アリアドネ」

「カルラ王妃殿下、お初にお目にかかります」

「社交辞令は必要ないわ。席に座りなさい」

カルラはさっと手を振って、その場にいる護衛や使用人を下がらせる。そうして二人っきりになったことで動揺したのはアリアドネだった。

（ここで私を殺すことはないと思っていたけど、自分が危害を加えられる可能性は心配していないの？　私はアルノルト殿下と婚約することになったのよ？）

婚約式はまだとはいえ、パーティーでの一件は耳に入っているはずだ。

アリアドネはカルラの人となりをよく知っているから、彼女がここで直接的な危害を加えることはないと知っている。

だが、カルラはそこまでアリアドネのことを知らないはずだ。

「なにをしているの？　早く座りなさい」

「失礼いたしました」

彼女の向かいの席に座る。

すると、カルラが手ずから紅茶を淹《い》れてくれた。

「カルラ王妃殿下？」

「それは特別に仕入れた、毒に侵された身体《からだ》を癒やすと噂の紅茶よ。後でマリアンヌへの分をプレゼントするから、貴女《あなた》も飲んでみなさい」

思わずカルラの顔をマジマジと見つめた。暗殺者を送りつけ、マリアンヌに毒を飲ませたのはジークベルトでほぼ確定だ。当然、カルラであればそのことを知っているはずだ。

少なくとも、アリアドネがそう思っていることは理解しているだろう。

(なのに、私にそんなお茶を勧める？　一体、どういうことよ)

挑発だとすれば分かりやすい。

だが、彼女の表情からそういった感情はうかがえない。ハッキリしているのは、毒が入っているかもしれない紅茶を飲めるはずがない、ということだ。

アリアドネは感謝の言葉を伝えつつも、決してその紅茶には口を付けない。

「……あら、どうしたの？　毒でも疑っているのかしら？」

正式な訪問でないとはいえ、ここで毒殺するのはリスクが高すぎる。だが、致死の毒でない、なんらかの毒を盛られている可能性までは否定できない。

ゆえに、得体の知れないお茶なんて飲めるはずがない。ティーカップから視線を外してカルラを見つめれば、彼女もまたティーカップには口を付けようとしなかった。

普通なら、ホストが毒味を兼ねて先に口を付けるのがマナーであるにかかわらず、だ。

（やっぱり、この紅茶を飲む訳にはいかないわ）

アリアドネが無言を保っていると、カルラが小さく息を吐いた。

「アリアドネ、貴女はアルノルトに求婚されたそうね」

「……はい。イザベル前王妃を救った縁で」

容疑者であるカルラに探りを入れる。

だが、彼女は眉一つ動かさなかった。

「参考までに、私の息子のどこがダメだったのかしら？」

彼女にとってのアリアドネは、夫が浮気相手と作った娘だ。だが、回帰前の彼女はアリアドネに優しかった。少なくとも表面上は、アリアドネの存在を疎んではいなかった。

なら、アリアドネの答えは決まっている。

「兄妹《きょうだい》で結婚は出来ないと聞きましたので」

カルラは目を見張り、それからクスクスと笑い始めた。

「たしかに、そういう意味では、息子は貴女に相応《ふさわ》しくなかったわね。でも王族に絶対はない。その気になれば、兄妹で結ばれることも出来たはずよ」

「……それは」

確認するまでもない。

カルラは宝石眼が真の王族の証かもしれないことを知っている。

「貴女がアルノルトを選んだ理由は合点がいったわ。——だけど、第一王子と婚約して、私を敵に回すとは考えなかったのかしら？」

凄味《すごみ》のある視線で射貫《いぬ》かれる。

「なんのことでしょう？」

「あら、この期に及んでとぼけるつもり？」

宝石眼のことを言っているのだろう。

だから、アリアドネはゆっくりと首を横に振った。

「派閥だなんだと言って、しょせんは同じ国の人間ではありませんか。少なくとも私は、私によくしてくださる方との敵対を望んではいません」

その言葉の裏に秘めたのは、先に喧嘩《けんか》を売ってきたのは貴女の息子だという指摘。これにカルラが激昂《げきこう》することも考えたが、彼女は静かに目を伏せた。

「そう、かもしれないわね。たしかに私の息子は直情的なところがあるもの。その結果、貴女が敵に回ったのだとしたら、それは仕方のないことかもしれないわ」

アリアドネの口からひゅっと息が零《こぼ》れた。

(待って。ちょっと待って。まさか、暗殺未遂のことを言っているの!?)

いまの言葉は、それをほのめかしていた。

もちろん、直接的な言葉でなかったし、暗殺未遂の証拠にはならない。それでも、カルラがそのような言葉を口にするのは異例の出来事だ。

そこから導き出される答えは、あの一件がカルラにとっても想定外だったという可能性。

「……同じ派閥においても、意見が衝突することは珍しくありませんものね」

カルラの望んだことではなかったのかと、軽く探りを入れる。

「……貴女と話していると、とても15歳とは思えないわね。いいわ。ねぇアリアドネ。貴女に少しだけ昔話をしてあげる」

「昔話、ですか？」

「ええ。実は私、ウォルターに想《おも》いを寄せていたの」

それは、亡くなった前国王の名前である。亡くなった前国王の弟の妃《きさき》、カルラから聞かされた衝撃の事実に、アリアドネは思わず咽《む》せそうになった。

「驚いたでしょう？　でも事実よ。非公式ながら、幼い頃から婚約が決まっていた。だから私は、最初から王妃になるべく教育を受けていたの」

「そう、だったのですか？」

まったく知らなかったことだ。

「ええ。でもウォルターはイザベルに恋をして……そして、私はすべてを失った」

ウォルターはイザベルと結婚している。つまり、非公式の婚約だったのをいいことに、ウォルターとカルラの婚約は闇に葬られたということだ。

そのときのカルラの心中は察してあまりある。

だからこそ――

「だから、マリアンヌには同情していたのよ」

続けられた言葉は理解できなかった。

「それは……どういう意味でしょう？」

「やはり知らなかったのね。ラファエル陛下とマリアンヌは愛し合っていたのよ」

再び息を呑む。

立て続けに明かされた真実に理解が追いつかない。

「それは……」

「事実よ。ラファエル陛下が愛しているのは最初からマリアンヌだった」

「カルラ王妃殿下は、そのことを……」

怨《うら》んでいたのかと、最後まで口にすることは出来なかった。

けれど、質問の内容を悟ったカルラはあっけらかんと笑う。

「あぁ、誤解しないで。ラファエル陛下は、私を政略結婚の相手として尊重してくれた。マリアンヌも自分の立場をわきまえていたし、二人を怨んだことはなかったわ。それどころか、同じ境遇のマリアンヌとなら、分かりあえるとすら思っていたの」

にわかには信じられない話だ。

だが――

「だから、ね。陛下とマリアンヌの子供が、宝石眼を持った息子でなかったことには心から安堵《あんど》したわ。娘である貴女となら、仲良くなれると心から思っていた」

娘である貴女とならという言葉の裏には、息子だったのなら……という、恐ろしい意味が込められている。

だが、そう口にした彼女は、優しさと寂しさを内包した表情を浮かべていた。

(……たしかに、回帰前の彼女は私に優しかった。ジークベルト殿下と同様に私を騙《だま》していたのだと思っていたけど、もしかしたら……)

「カルラ王妃殿下、私は……」

「誤解しないで。責めている訳ではないわ。貴女が生きるために選んだことを尊重するわ。だから、そうね。切っ掛けはなんであれ、こんなことになって……とても残念よ」

アリアドネが警戒していた紅茶を、カルラは一気に飲み干した。

そうして、ティーカップをその場で手放す。

「貴女にアルノルト殿下の子を産ませる訳にはいかないの」

カルラの手からこぼれ落ちたカップが地面の上に落ちて砕け散る。

この瞬間、二人はたしかに敵になった。

2

カルラが敵になった。

もしかしたら、アリアドネを愛してくれていたかもしれない人。そんな彼女を敵に回したことに、わだかまりがまったくないと言えば嘘になる。

だけど、カルラは悪辣な王妃で、なによりジークベルトの母親である。

だから、葛藤があっても躊躇《ちゅうちょ》はしない。それはカルラも同じだろう。おそらく、すぐにでも攻撃を仕掛けてくるはずだ。

ゆえに問題になるのは、彼女がどういう攻撃を仕掛けてくるか、である。

(彼女の得意とする手口は絡め手。暗殺か、政治的な攻撃のどっちかよ)

アリアドネの宝石眼が真の王族の証であるのなら、アルノルトには絶対に渡したくないはずだ。手に入れられないのなら、殺してしまえ――という可能性は十分にある。

とはいえ、ラファエルがアリアドネを娘と認めたばかりである。もしもアリアドネを暗殺したら、第二王子派の内部分裂を疑われることになりかねない。

このタイミングでアリアドネを暗殺するのは避けたいはずだ。

もちろん、事故死に見せ掛ける方法もある。

だが、暗殺は立て続けに失敗を重ねている。それも、アリアドネが関わったことによってだ。ゆえに、慎重な彼女がここで暗殺を仕掛けてくる可能性は低い。

もちろん警戒は必要だが、より警戒するべきなのは別の攻撃である。

けれど、アリアドネに弱味は少ない。アリアドネが強いからという意味ではなく、大切なものが少ない――という意味である。

そうなると、彼女が仕掛けてくるであろう攻撃のパターンはそう多くない。

なにより、アリアドネはカルラの手口をよく知っている。母親を失ったアリアドネの後ろ盾となり、社交界での立ち回りや、謀略を仕掛ける方法を教えてくれたのは彼女だった。

アリアドネの知る彼女は、必要なら敵とだって手を組む柔軟な対応力がある。ならば考えられる手は――と、アリアドネはベルを鳴らした。

ほどなく、シビラがやってきた。

「お呼びですか、アリアドネ皇女殿下」

「ええ。これからはジークベルト殿下と敵対することになるわ。だから、ね。シビラ。彼の密偵である貴女には、ここで死んでもらうわ」

唐突な宣告。その理不尽な宣告に、シビラはびくりと身を震わせ――だけど、ぎゅっと拳を握り締めた。そして諦めにも似た笑みを浮かべる。

「もとより、私の命は貴女のものです。ただ、どうか、妹のことだけは助けてください」

「……うん、ごめん。いまのは言葉のあやだから、そんな本気で返さないで。罪悪感に押し潰されそうになったから」

シビラはキョトンとして瞬いた。

「言葉のあや、ですか？」

「知っての通り、私はアルノルト殿下と婚約することになったでしょ？　だから、ジークベルト殿下の密偵である貴女を野放しにする訳にはいかないの」

実際は二重スパイなので排除する必要はないのだが、排除しなければ二重スパイであることがバレてしまう。それだと、アリアドネの作戦に支障が出る。

「だから貴女にはジークベルト殿下に最後の連絡をした後、しばらく身を隠してもらうわ」

「私が始末されたと見せ掛けるんですね」

「その通りよ。そして、流してもらう情報は二つ。まずは、私がシビラを排除しようとしているという情報ね。これによって、貴女が二重スパイだった可能性を消すわ」

カルラの遣いが接触してきたあのとき、シビラをその場から遠ざけたのはそれが理由。

第一王子派になると決めたあの日からシビラを遠ざけている。そう印象づけることで、最初から敵対していたのではなく、途中で気が変わったのだと思わせる。

そうすることで、アリアドネがシビラを使って過去に流した情報は本物だと思わせ、アストール伯爵の件が罠《わな》であると気付かれることを避けようという訳だ。

「二つ目は、私がオリヴィア王女殿下の協力を得ようとしているという情報よ。目的は分からないという感じで、漠然と情報を流しておいて」

「かしこまりました」

（これでジークベルト殿下への布石は打ったわ。後は……）

ハイノを呼ぶように命じ、シビラには作戦の実行を命じた。そうして退出するシビラを見送って、しばらく待っているとハイノがやってきた。

「アリアドネ皇女殿下、お呼びでしょうか？」

「ええ。カルラ王妃殿下が治めている領地にクズ魔石の鉱山があるわね。その鉱山の近くにある町の土地を、商会の名前を使っていくつか買いなさい」

「……商会というと？」

「もちろん、これから作るのよ。この時期なら……そうね。クズ魔石を取り扱う事業に失敗して、潰れかけの商会があったはずよ。そこを買収なさい。必要な予算は、ここに概算が在るわ。資産的な価値は低いから、皇女宮の収入でもなんとかなるはずよ」

纏《まと》めた資料を差し出せば、ハイノはすぐに資料に視線を落とした。

「ぎりぎりですが、直轄領から得る収入を使えば買えない額ではありませんな。すぐに実行いたします」

アリアドネは面白そうに笑う。

「質問の一つくらいは出ると思ったのだけど」

「もちろん疑問はございます。ですが、レストゥールの執務をご自分の管理下に置いた上で私に委任したのは、こういうときのためではございませんか？」

「正解よ。たしかに、貴方が反対しても聞き入れなかったわね」

とはいえ、求められたら説明くらいはするつもりだったのだが、しなくていいと言うのなら手間が省ける。アリアドネは、いくつか必要な土地の条件を挙げていった。

アリアドネが暗躍を開始して一週間ほどが過ぎたある日。アルノルトの妹、オリヴィアが皇女宮を訪ねてきた。アリアドネは庭に用意したお茶会の席に彼女を招く。

「ようこそおいでくださいました、オリヴィア王女殿下」

「こちらこそ、お招きありがとうございます」

オリヴィアが優雅にカーテシーをする。だが、心の内は分からない。なにしろ、彼女は近い未来、聖王女として第二王子派の手を焼かせることになる。ラファエルの婚外子でありながら、アルノルトと婚約したアリアドネをどう思っているか分からない。

(だけど、彼女はとても優秀よ)

回帰前の彼女には大きな弱点があった。

それでもなお、第二王子派であるアリアドネ達を苦しめた存在。もしもその弱点を排除することが出来たなら、彼女は頼もしい味方になるだろう。

そしてアリアドネには、彼女の弱点を消す策がある。

「どうぞ、座ってください。貴女とはゆっくりお話をしたいと思っていたのです」

アリアドネは柔らかな対応で彼女を迎え、毒味を兼ねて先にお茶菓子に口を付ける。それを見たオリヴィアもまた、用意されたお茶菓子に口を付けた。

「……それで、アリアドネ皇女殿下のお話というのは？」

「そうですね。そのまえに一つ。私はアルノルト殿下を次の王にするつもりです」

「――っ!?」

紅茶を飲んでいた彼女が咽せた。

「ア、アリアドネ皇女殿下、貴女、自分がなにを言っているか分かっているのですか？」

そういった彼女の視線は、アリアドネの背後に控える侍女やメイド達に向けられている。

「ご安心を。ここにいる者は、決して第二王子派に情報を漏らしません」

信頼できる者と言わなかったのは、ここにいるのがイザベル前王妃の密偵と、第二王子派の侯爵に恨みを持つメイドだからである。

「そう、ですか。しかし、私の侍女がいることはどうお考えですか？」

かつてのシビラ達がそうだったように、お付きの侍女ですら何処《どこ》かの密偵であることは珍しくない。もしも、オリヴィアの侍女から漏れたらどうするのだという批難。

「そちらの侍女はリネット・ホフマン。とても忠誠心の高い侍女だと聞き及んでおります。もちろん、他の方々も同様に。さすがオリヴィア王女殿下は求心力がおありですわね」

オリヴィアの侍女の中に密偵はいない。それは、彼女の陣営を内部から切り崩そうとした、回帰前のアリアドネが一番よく知っている。

それでも――

「とはいえ、秘密を知る人は少ない方がいいでしょうね」

アリアドネが軽く手を上げれば、アシュリー達が席を離れた。それに合わせて、オリヴィアもまた、自分の侍女達を下がらせる。

「……それで、唐突にあのような発言をなさったのは何故ですか？」

「それは、もはや隠す必要がないからです」

「宝石眼、ですか……」

オリヴィアがどこか疲れたような顔で呟《つぶや》いた。

「既にご存じのようですね」

「ええ。お兄様から伺いました。その話を知ったときは驚きましたが、色々と腑に落ちたこともまた事実です」

「ジークベルト殿下にとって、私は扱いにくい存在でしょうね」

アルノルトの場合、アリアドネとのあいだに子を生《な》せば、自分の血族に真の王族の証、宝石眼を得ることが出来る可能性は高い。

だが、ジークベルトとアリアドネは腹違いの兄妹だ。アリアドネの宝石眼を、血族に取り入れるには、いくつか面倒な手順を踏む必要がある。

それならばいっそ、殺してしまった方が楽だと考えてもおかしくはない。

(あるいは、私がジークベルト殿下に恋をしていたら、結果は変わっていたのかしらね)

政略結婚も珍しくないこの世界において、宝石眼を自らの血族に取り込むためならば、兄妹で子を生すくらい、どうと言うこともない。

そう考えれば、回帰前のジークベルトが、アリアドネに兄妹で結婚できないなどと揶揄《やゆ》したのは、彼女が自分になびかなかったことへの腹いせだったのかもしれない。

「お兄様に味方する理由は分かりました。それで、私を呼んだ理由はなんでしょう」

「実はその件でカルラ王妃殿下のお怒りを買いまして。今後、仕掛けられるであろう攻撃に対抗するため、オリヴィア王女殿下のお力が必要なのです」

「……私の力、ですか？」

腑に落ちないといった表情。だが、このときの彼女は、まだ自らの実力を開花させていない。聖王女と呼ばれるようになったのは、苦境に立たされて必要に駆られたからだろう。

「今回はいくつか調べて欲しいことがあるだけです。もちろん、その対価はお支払いしますよ。貴女の運命が大きく変わるほどの情報を対価として」

「……まるで魔女の囁《ささや》きですわね」

オリヴィアが警戒するような素振りを見せる。

「そう思われても仕方ありませんね。ですが貴女なら、私の言葉の真偽を判断した上で、正しい行動を取ってくださると信じています」

「……まるで、私のことをよくご存じなようですわね」

探るような視線。

だが、アリアドネはその探り合いに応じない。

「アストール伯爵家のご子息と婚約の予定があるでしょう？」

「――っ。何故それを？　まだ限られた者しか知らない話ですよ！」

オリヴィアの瞳がめまぐるしく揺れる。

情報を漏らしたルートを考えているのだろう。

「オリヴィア王女殿下が考えているルートはどれも違います。それに私がお伝えしたいのは、アストール伯爵子息との縁談は取りやめた方がいい、ということだけです」

「まさか、アストール伯爵家が……？」

情報の漏洩《ろうえい》が、アストール伯爵家によるものだと思ったようだ。あながち間違いでもないので、アリアドネはそれを否定しない。だが、取りやめを勧めるのはもっと別の理由だ。

「アストール伯爵家は人身売買をおこなっています」

「――なんですって!?」

オリヴィアがテーブルに手を突いた。立ち上がろうとしたところで我に返ったのか、失礼といって座り直すが、彼女がそれほど驚く程度には大事件である。

「それが事実ならもちろん婚約は取りやめになるでしょう。それに、すぐに調査して断罪する必要もありますね。ですが、それは本当に事実なのですか？」

「残念ながら事実ですわ。そして秘密裏に処理するつもりなら無駄です。すでに、ジークベルト殿下に情報を摑《つか》まれていますから」

「……なっ。それは、本当なのですか？」

「ええ。彼の信頼を得るため、私が教えましたから」

彼女はテーブルを叩《たた》き、今度こそ立ち上がった。

「貴女、それでよくアルノルトお兄様に味方するなどと言えましたわね！　あの家が、第一王子派にどれだけ貢献していると思っているのですか！」

答え次第では許さないとばかりに睨《にら》みつけてくる。だが、こちらの言い分を聞くあたり、彼女はまだ冷静だ。感情を昂《たかぶ》らせるふりをして、こちらの出方を窺《うかが》っているのだろう。

さすがは自分のライバルだった相手――と、アリアドネは微笑んだ。

「貴女のいう貢献が、どうやって上げられているかご存じですか？」

「それは……優秀だからでしょう」

「いいえ、裏切り者だからですわ。アストール伯爵は裏で第二王子派と通じています。情報を流し、その見返りを得ることで、成功しているように見せ掛けている」

オリヴィアは目を見張り、それから頭痛を我慢するような素振りで座り直した。

「……それがすべて事実だとしましょう。ですがその場合、ジークベルト殿下は、アストール伯爵家を潰そうとしないはずです」

「いいえ。アストール伯爵と繋《つな》がっているのはウィルフィード侯爵です。ジークベルト殿下はその事実をご存じありませんわ」

同派閥だからといって、我が身を顧みずに助けるような絆《きずな》はない。同じ派閥であっても出し抜こうとすることはあるし、自分の切り札を安易に晒《さら》したりはしない。

だからこそ、この計画は成り立っている。

「つまり貴女は、ウィルフィード侯爵の飼い犬を、ジークベルト殿下に仕留めさせようとたくらんでいらっしゃるのですか？」

「素敵ではありませんか？」

獅子身中《しししんちゆう》の虫を排除して、ジークベルトの油断を誘い、なおかつ離間の計を仕掛けることにもなる。一石三鳥の妙手である。

「事実なら悪くない計略です。ですが、それが事実だと証明できるのですか？」

「こちらから誘いを掛けました。建国記念式典が終わったいま、ジークベルト殿下は明日にでも動くでしょう。それを確認するまで、婚約の決定を遅らせてください」

ジークベルトにアストールの件を伝えたとき、第一王子派も気付いている——という嘘の情報を伝えてある。

ゆえに、ジークベルトはこちらが内密に対処するまえに動く必要がある。

「……分かりました。それを確認してから判断いたしましょう」

オリヴィアがそう口にした直後、彼女の侍女が小走りに駆け寄ってきた。そうしてなにごとかをオリヴィアに耳打ちする。

その内容を確認したオリヴィアは侍女を下がらせ、恐れと驚きをその整った顔に浮かべてアリアドネを見つめた。

「……たったいま、アストール伯爵がジークベルト殿下に告発されたそうです」

「予想より早かったですね。……それで、私の言葉を信じる気になりましたか？」

アリアドネが微笑みかければ、オリヴィアは小さく頷いた。

「……信じましょう。それで、私に調べて欲しいことというのは？」

「実は――」

カルラが仕掛けてくるであろう策。それに対抗するための足掛かりとして、彼女にある確認をお願いした。

3

ある日の昼下がり。

中庭でお茶を飲んでいたアリアドネは、ふと侍女として控えるアシュリーに視線を向ける。彼女は凛としたたたずまいで控えていた。

「そういえば貴女、魔術アカデミーはどうしたの？」

「……今更聞きますか？　侍女になるために休学中です。もちろん、イザベル前王妃のためですから、不満などあろうはずもありませんが」

「で、本音は？」

「魔術の勉強が出来なくてしょんぼりへにょんですわ」

「――ふっ」

予想外に可愛《かわい》らしい反応に、思わず吹き出しそうになった。

「……仕方ないわね。私が魔術を教えてあげるわ」

「アリアドネ皇女殿下がですか？　失礼とは存じますが、年下の、それも魔術アカデミーにも通っていない皇女殿下に教わるようなことは――」

ないと言いたかったのだろう。だが、アリアドネは真横に手を伸ばし、その腕に蒼炎《そうえん》を絡みつかせた。それを見た瞬間、彼女の唇がわなわなと震える。

「そ、その青い炎はまさか……っ」

「そう。忘れられた魔術よ」

禁呪にも手を出していたアリアドネは、そういった珍しい魔術にも精通している。そのうちの一つを見せた効果はてきめんだった。

「教わるようなことは……なにかしら？」

「私を弟子にしてください！」

（やっぱりこの子、面白いわ）

アシュリーの手のひらの返しっぷりに苦笑いを浮かべる。

ちょうど、魔術――特に魔導具《まどうぐ》の分野で、自分の代わりに働ける部下が欲しいと思っていたところである。アリアドネはこれ幸いと、アシュリーを弟子に取った。


そうした毎日を送っていたある日。私室に籠もったアリアドネが魔力を増やす訓練をおこなっていると、慌てた様子のハイノが訪ねてきた。

「……そんなに急いで、一体なにがあったの？」

「旧レストゥール王都周辺の領地が一斉に、領内を通る商人に高い関税を掛けました！」

「そう。それは大変ね」

アリアドネは他人事《ひとごと》のように笑う。

「笑い事ではありませんぞ、アリアドネ皇女殿下。これはつまり――」

「レストゥールの皇族にとって唯一の領地。旧レストゥール王都の交易が止まり、税収が激減する。それはつまり、皇女宮の運営費がなくなる、ということでしょう？」

「分かっているのなら、なにをそんなに暢気《のんき》になさっているのですか」

「安心なさい。手は打ってあるから」

茶目っ気たっぷりに笑えば、ハイノは信じられないと目を見張った。

「……手を打っている、ですか？」

「旧レストゥール皇国の土地の大半は、戦果を上げた貴族への報奨とされた。中でも、王都周辺の土地の多くは第二王子派の貴族が支配しているでしょう？」

「まさか、これはレストゥール皇族に対する攻撃なのですか？」

「他になにがあるの？　おそらく、旧レストゥール王都と取引しない商人達には、免税特権が与えられているわよ。気になるなら確認してみなさい」

「そ、そこまでお気付きでしたか」

「あら、もう調べてあるのね」

さすが、優秀な執事だと感心する。

「それで、アリアドネ皇女殿下のおっしゃる対策というのは？」

「周辺領地の多くは第二王子派の貴族が支配しているけど、そうじゃない場所があるでしょう？　たしかこの辺に……あぁ、あった。……ここ。ホフマン伯爵領よ」

地図を取りだして、目的の領地を指差した。

「ホフマン伯爵領は中立の立場だったでしょう？」

「それが……その」

「関税が上げられているのね？」

「……はい」

カルラが見逃していたら話は早かったのだが、さすがにそこまで甘くはないようだ。

だが――

（残念。私は貴女の手口をよく知っています）

ホフマン伯爵領に圧力を掛け、足並みを揃《そろ》えて関税を上げることは予想済みだ。

「アリアドネ皇女殿下。陛下に陳情するのはいかがでしょう？」

「関税は領主の裁量に任されているわ。その程度のことでは陳情しても無駄よ。利害が一致すれば動いてもらえるかもしれないけど、ラファエル陛下は第二王子派だもの」

（……と言ったものの、ラファエル陛下が本当に第二王子派なのかは疑問なのよね。回帰前の行動と、回帰後のあの会話、実は……という可能性もあるわ）

もっとも、第二王子派として振る舞っているのは事実だ。

無条件に味方してくれるとは思えない。

「では、どうなさるおつもりですか？」

「それなら――あぁ、思ったよりも早かったわね」

窓の外へと視線を向けたアリアドネは、ロータリーに馬車が止まっているのを見て微笑んだ。それからしばらく待っていると、ソニアが来客を告げる。

「客間に通しなさい。私もすぐに行くわ」

「その必要はありませんわ」

ソニアの後ろから現れたのはオリヴィアだった。

「……いくらなんでも無作法では？」

「そんなことより、どこまで予見していたのですか？」

呆《あき》れるアリアドネに、オリヴィアがずかずかと詰め寄ってくる。護衛達が止めようとするが、アリアドネはそれを身振りで下がらせた。

「オリヴィア王女殿下、なんのことでしょう？」

「誤魔化さないでください。私の侍女を注視しろとおっしゃったでしょう？」

先日のことだ。オリヴィアにやってもらうことの一つとして、侍女の様子を見守るようにと伝えた。その結果、見咎《みとが》めることがあったのだろう。

「なにがあったのですか？」

「侍女――リネットの弟が、アストール伯爵家のご令嬢と婚約をしていました」

「それだけではないでしょう？」

「……アストール伯爵家との共同事業も行っており、今回の騒ぎで台無しになった、と。どうやら、人身売買の隠《かく》れ蓑《みの》にされていたようです」

「まあ、それはご愁傷様です」

リネットの実家、ホフマン伯爵家はわりと貧乏だ。魔石の鉱山を持っているが、産出されるのはクズ魔石ばかりで、いまは稼働すらしていない。

共同事業が潰れたのなら、財政的に苦しい時期だろう。

「それで、どうなったのですか？」

「……分かっているのではないのですか？」

「まさか、私もそこまでの叡智《えいち》を持っている訳ではありませんよ」

「どうだか」

疑いの眼差《まなざ》しを向けられる。

アリアドネが澄まし顔でその視線を受け止めていると、オリヴィアは小さく息を吐いた。

「まぁいいです。とにかく、そうして困っていたホフマン伯爵家に、ジークベルト殿下の側近の娘との縁談が舞い込んだんです。資金援助の申し出と共に」

「そしてその対価が、関税を引き上げること、だったのですね」

「……やはりご存じだったのではありませんか」

オリヴィアがジト目になった。

「知っていた訳ではありませんよ。いくつかの可能性として考えていただけです」

正確にいうのなら、アリアドネが蒔《ま》いた種が芽を出した結果だ。

同じ派閥の中でも牽制《けんせい》し合っている者がいる反面、確実に協力し合っている者もいる。

その筆頭が、カルラとジークベルトの親子だ。

カルラが仕掛けるこの一手に、ジークベルトが一枚噛《か》むことは予想できていた。

「とにかく、ホフマン家は第一王子派に傾いていました。けれど、今回の一件で第二王子派に取り込まれるでしょう。リネットも侍女を辞めることになるだろう、と」

寂しげな表情。

オリヴィアはリネットに対し、侍女と主従以上の感情を抱いているように見えた。

「……仲がよかったのですか？」

「お友達だと思っています」

「そう、ですか」

これは、アリアドネにとって予想外の反応だった。

自分を利用した悪辣な人々には復讐を。そして、自分が陥れた善良な人々には償いを。自らの目的を果たしつつもオリヴィアの願いを叶《かな》えるため、アリアドネは少しだけ謀略の内容に変更を加えた。

4

「アリアドネ皇女殿下、見てください！」

それから数日が過ぎたある日の昼下がり。アリアドネが中庭でお茶をしていると、駆け寄ってきたアシュリーがそんなことを口にする。水色のドレスを身に纏う彼女は、ピンクゴールドの髪をツインテールにしていた。

「今日もツインテールがビシッと決まっていて可愛らしいわよ」

「あ、ありがとうございます……じゃなくて！　私が見て欲しいのはこっちです！」

そういって両手に持った魔導具を差し出してくる。まるで好きな人にプレゼントを差し出す乙女のような仕草。相変わらず可愛らしいと、アリアドネは笑う。

「完成したのね」

アシュリーから魔導具を受け取り、そこに軽く魔力を放出する。魔導具に刻まれた魔力回路に魔力が流れ、噴き出した水がアシュリーをずぶ濡《ぬ》れにした。

「……なんかごめん」

「い、いいえ、私こそ、注意点をお伝えせずに渡してしまってすみません」

ずぶ濡れになりつつも、アシュリーは無邪気に笑っている。魔導具が正常に稼働したことが嬉《うれ》しいからだろう。

(思ったよりも早く完成させたわね)

魔導具は以前から存在する。だがアリアドネがアシュリーに教えた魔導具の作り方は、回帰前にアリアドネが研究した技術の粋を詰め込んだ最新版だ。

具体的に言うと、魔力のコスパが非常に高い。

従来のような高級志向ではなく、気軽に使える量産品だ。

「クズ魔石でも起動できるわね？」

「はい、もちろんです。稼働テストをしましたが、実用に堪《た》えることを確認できました」

「よくやったわ。さすが魔術アカデミーで優秀な成績を修めた魔術師ね」

「アリアドネ皇女殿下のおかげですわ！」

アシュリーが無邪気に笑う。

(回帰前は、彼女とこんなふうに話すなんて思ってもみなかったわね)

確実に関係性が変わっている。

未来を変えられることに満足しつつも、アリアドネはコホンと咳払《せきばら》いをした。

「ところで、着替えてきた方がいいわよ？」

「……え、どうしてですか？」

「服、透けてるわよ？」

「……え？　～～～っ」

アシュリーは着替えてきますと声だけ残し、物凄い勢いで走り去っていった。それを見送ったアリアドネは苦笑して、それからソニアに視線を向ける。

「機は熟したわ。出掛ける準備を」

「かしこまりました」


その後、着替えているあいだに置いて行かれそうになったアシュリーが突っ掛かってくるといったハプニングはあったが、アリアドネの一行は無事に皇女宮を後にした。

そうしてオリヴィアと合流し、ホフマン伯爵の屋敷を訪ねる。

「すぐに父がまいりますので、少しだけお待ちいただけますでしょうか？」

通された応接室にて、娘のリネットが持て成してくれる。

ちょうどいい――と、アリアドネはソファに座った。

「リネット。あなたに聞きたいことがあったのだけど」

「……なんでしょう？」

実家にいても、オリヴィアの侍女として振る舞っている。リネットは席に座ることなく、アリアドネの正面に立って話に応じる。

そんな彼女に、アリアドネはずばりと切り込んだ。

「ホフマン伯爵家の当主は、貴女の亡くなったお母様だった。貴女のお父様であるカリードは、当主代理としてこの領地を治めていて、後妻とのあいだに息子をもうけた。それが貴女の弟ね？」

「はい、その通りでございます」

答えるリネットの瞳がわずかに揺れる。アリアドネはそれを見逃さなかった。

「カリードはジークベルト殿下の側近の娘を息子の嫁として、息子に当主の座を継がせるつもりでしょうね。それに対して不満はないのかしら？」

「ありません」

リネットが静かな口調で答えた。

その答えの真意を測るように、アリアドネは彼女の顔を見つめる。

「王家に正統性を訴えれば、後継者の座を奪い返すことも可能よ？」

「ありがとうございます。ですが、興味はありません。血は半分しか繋がっていないけれど、あの子が私の弟であることに変わりはありませんから」

「……そう。余計なことを言ったわね」

彼女が望まないのなら——と、アリアドネはひとまずその意見を引っ込める。

「ならもう一つだけ質問させてちょうだい。オリヴィア王女殿下は、貴女を手放したくないと言っていたわ。貴女はどうなのかしら？」

「それはもちろん、オリヴィア王女殿下の侍女でありたいと心から願っています。だからこそ、第二王子派に付かずに済む方法があるという、貴女の話を父に伝えたのですから」

「そう、質問に答えてくれてありがとう」

（これなら、計画に変更の必要はなさそうね。これ以上は、だけど）

少しだけ目を伏せて、リネットが出来るだけ悲しまずに済むように願った。

ほどなく、ホフマン伯爵家のカリードが現れる。

「お初にお目にかかります。私はホフマン伯爵家の当主、カリードと申します」

我が物顔で当主を名乗るカリードの言葉に、侍女達の何人かが眉をひそめる。だが、アリアドネは眉一つ動かさず、笑みを浮かべてそれに応じた。

「お会いできて光栄ですわ」

「こちらこそ、アリアドネ皇女殿下のお噂はかねがね。なんでも、我が領地にとってよいお話があると、リネットから聞いたのですが……？」

アリアドネは小さく頷く。

それから、アシュリーに作らせた魔導具の一つを取り出す。

「こちらは、クズ魔石で起動することが出来る魔導具です」

「なんと、クズ魔石で⁉」

カリードが目を見張った。

それもそのはず。魔導具はコストパフォーマンスが悪く、質のいい魔石を使わなければ使えないというのが常識である。ゆえに、魔導具に使えない魔石をクズ魔石と呼んでいる。

もしもそのクズ魔石に価値が生まれるのなら、市場が一変することになる。

「……アリアドネ皇女殿下」

オリヴィアがなにか言いたげな顔をした。

「オリヴィア王女殿下、今回の交渉は私に任せてくださるはずです」

「……分かりました」

それでもなおなにか言いたげな面持ちをしていたが、しぶしぶといった感じで引き下がる。そんな彼女を横目に、アリアドネは正面へと視線を戻した。

「いかがですか？」

「……これは、量産できるのですか？」

カリードが魔導具に触れようとするが、アリアドネはそれより先に魔導具を手に取った。

「従来品よりもずっと安価に量産が可能です。効果も風の護りのような特殊なものではなく、生活に使用できるような効果の魔導具を販売する予定ですわ」

この魔導具が流通すれば、クズ魔石がクズ魔石ではなくなる。ホフマン伯爵領に存在するクズ魔石の鉱山の価値も上昇することになる。もちろん、すぐに儲《もう》かる話ではないが、この話にならば投資する者はいくらでも存在するはずだ。

「これならば、第二王子派の甘言に乗る必要もないでしょう？」

「……たしかに、アリアドネ皇女殿下のおっしゃるとおりですな」

「では、関税も？」

「もちろん」

カリードはそう言って手を差し出してきた。アリアドネはその手を取って握手を交わす。

「……交渉、成立ですわね」

そのやりとりをまえに、オリヴィアがやはりなにか言いたげな顔をする。けれどアリアドネはかまわずに席を立ち、退席の挨拶を残して部屋を後にした。


それから一週間が過ぎた。

いまも変わらずオリヴィアの侍女を務めるリネットは、いまだに父がアリアドネと約束したはずの関税の引き下げを実行していないことを聞いて父の部屋へと押しかけた。

「お父様、いまだに関税を撤廃していないのは何故ですか！」

「ああ、そのことか。あれなら考え直すことにした。魔導具ならどうせ、旧レストゥール帝都で販売することになるだろう。であれば、関税を上げたままでも儲かるからな」

ことともなげに言い放つ。

父の言葉に、リネットは信じられないと目を見張った。

「お父様、ご自分がなにをおっしゃっているのか分かっているのですか？　アリアドネ皇女殿下と取引したんですよ？」

「おまえこそなにを言っている。提案はされたが、取引はしていない。現に契約書の一つも交わしていないではないか」

「お父様！」

たしかに契約書を交わしていないアリアドネにも責任はある。だが、仲立ちをしてくれたオリヴィアの顔に泥を塗ることになるし、いくらなんでも不義理というものだ。

「お父様は、一体どうなさるおつもりですか？」

「むろん、当初の予定通り、カルラ王妃殿下の提案を呑む」

「――お父様⁉」

リネットは今度こそ声を荒らげた。

「お母様が、私をオリヴィア王女殿下の侍女にしたことをお忘れですか⁉」

「いまの当主は私だ。そして次期当主は息子だ。おまえではない」

リネットの母、つまりはホフマン女伯爵は、第一王子派に付く決断を下していたのだ。なのに、代理に過ぎないカリードが、第二王子派に付くという選択を下した。借金のためという事情があるならともかく、いまのその選択は許せなかった。

「……その話は、弟も了承済みなのですか？」

「当然だ。あの子はおまえと違って、誰に付くべきかを理解しているからな。今回の縁談は渡りに船だったが、以前から第二王子派から嫁を見つけるつもりだった」

「……そうですか。お父様達は最初から、お母様を裏切る気で。……分かりました。お父様がその気なら、私が好きにさせません！　私がホフマン伯爵家の当主になります！」

「……ふっ。なにを言い出すかと思えば。どうやって当主になるつもりだ？」

カリードが馬鹿にするように笑った。

リネットは視線を泳がせ、すぐにアリアドネの言葉を思い出した。

「陛下に陳情いたします！」

「はっ。無駄なことは止《や》めておけ。そもそも、関税の話を持って来たのはカルラ王妃殿下だぞ？　ラファエル陛下に陳情しても無駄に決まっているだろう」

「〜〜〜っ」

リネットは悔しげな顔で俯《うつむ》く。

「おまえが第二王子派に恭順するなら、政略結婚にでも使ってやろうと思っていたが、どうやら無駄なようだな。今日このときをもって、おまえをホフマン家より勘当する」


「――大変申し訳ありません！」

ホフマン伯爵家を追い出されたリネットは、オリヴィアにすべてを打ち明けて懺悔した。

主《あるじ》の顔に泥を塗るも同然の行為に叱責は免れない。そう思っていたのに、オリヴィアから向けられたのは同情の視線だった。

「話は聞いているわ」

（……え？　誰から？）

リネットが首を傾《かし》げるが、オリヴィアはかまわずに続けた。

「貴女に確認するように言われているのだけど、当主になる気はあるのかしら？　あるいは、貴女が婿養子を迎えて、その婿養子を当主にする覚悟、でもかまわないけど」

「……可能なら、そうしたいと思っています」

そう答えるが、リネットの表情は苦々しいものだった。

それは不可能なことだと、既に諦めているからだ。

「可能なら、ね。なら、もし可能なら、覚悟を決めるのね？」

「方法があるのですか!?」

「……ええ。でもそのまえに、さきほどの質問に答えなさい」

オリヴィアに促され、リネットは「覚悟はあります」と力強く頷いた。

「理由を訊《き》いてもいい？　復讐がしたいだけ、じゃないわよね？」

「母の意思を無視する父に、ホフマン伯爵を名乗る資格はありません。それに、母は義を重んじる人でした。手を差し伸べてくださったアリアドネ皇女殿下に報いるべきです」

「たしかに、口約束とはいえ、約束を違《たが》えるのはいただけないわね」

「はい。それに、アリアドネ皇女殿下が口約束しかしなかったのは、ホフマン伯爵家を信じてくださったからだと思うんです。なのに、こんな……あんまりです！」

リネットの言葉に、周囲から同情の視線が向けられる。

「……あの、なにか？」

「いえ、その……アリアドネ皇女殿下だけど、どうやら、カリードが裏切ることを予想していたみたいよ。どうせ裏切られるなら、早い方が対処も楽でしょう……って」

「……はい？」

「そのうえで、貴女の覚悟を確認させて欲しいと言われたのよ。貴女に、父と道を違え、第一王子派に味方する覚悟はあるか、と」

「確認させて欲しい、ですか？」

リネットの問いに対し、オリヴィアが溜《た》め息《いき》交じりに視線を横に向ける。その先には、見覚えのある――アリアドネが連れていたメイド、ソニアがたたずんでいた。

「リネット様の覚悟、たしかに確認させていただきました。アリアドネ皇女殿下の名において、貴女に当主の座をお約束いたします。どうか、安心してお待ちください」

「ど、どういうこと……？」

「すべて、アリアドネ皇女殿下の想定通り、ということです。ですから、その……リネット様のことは、信用なさっておいでてしたよ？」

カリードのことはまったく信用していなかったけど——と言っているも同然だ。それを理解した周囲の者達から、再びリネットに同情の視線が向けられた。

5

「私だって別に、悪人以外には酷《ひど》いコトしないわよ？」

オリヴィア達から、遠回しに残酷だと非難された。

そのやりとりをソニアから聞いたアリアドネはちょっぴり気にしていた。彼女とて、最初からカリードが裏切ると決めつけていた訳ではないのだ。

もっとも、裏切るだろうとは思っていたのだが……

とにもかくにも、アリアドネは正式な手紙を出して、ある人物に面会の依頼をした。

その人物というのは——

「あんなことがあったのに、こんなに早く訪ねてくるとは思わなかったわ」

案内された応接間。

悠然とソファに座ったまま、アリアドネを迎えたのはカルラだ。アリアドネはカーテシーをして、勧められるがままに彼女の向かいのソファに腰を下ろした。

本日は正式な訪問で、カルラとアリアドネの背後にはそれぞれ侍女が控えている。

「本日は急な申し出にもかかわらず、謁見に応じてくださり感謝いたします」

「なんの話か見当は付いているわ。でも、貴女と私の関係を忘れた訳じゃないわよね？」

カルラとアリアドネは敵対関係にある。アリアドネはジークベルトに復讐を誓っているし、カルラはアリアドネの排除を宣告している。

いまは足の引っ張り合いをしている段階だが、いつかは殺し合うことになるだろう。

だけど、それはいまじゃない。

「優秀な策略家は感情に流されたりいたしません。そして、カルラ王妃殿下が偉大な策略家であることを、私はよくよく存じております」

「貴女に褒められて嫌な気はしないわね。それで……？」

話を続けなさいと促される。

「カルラ王妃殿下はたとえ敵同士であったとしても、自分の利に繋がるのなら、一時的に手を組むことも厭《いと》わない、と。そう判断して、私はここに来ました」

「……なるほど。私の考え方はその通りよ。でも、貴女は肝心なことを忘れているわ。ジークベルトと道を違えた貴女は、私にとって大きな障害である、ということをね」

「もちろん忘れていませんわ」

それでもなお、一時的に手を組むだけの利があればいいだけのこと。その程度のことは、いちいち口に出さずとも分かるはずだ――と、挑戦的な瞳を向ける。

「……いいわ。ひとまず話を聞きましょう。貴女の望みは、ホフマン伯爵家の娘の正統性を、王族の名の下に認めさせることでしょう？」

「さすがにお気付きでしたか」

「もちろん。貴女があの伯爵代理と交渉したことは知っているわ。そして彼に裏切られたことも、ね。貴女にしてはずいぶんと脇が甘いと思っていたけれど……そう。裏切られるのも計算の内だったという訳ね」

「誠意のある対応を望んではいましたが……」

回帰前の記憶に基づき、彼が信用できない人物であることは知っていた。

「そう。切り捨てられたのは彼のほう、という訳ね。それで、私をどうやって説得するつもりなのかしら？　手札があるから交渉に来たのでしょう？」

「――こちらを」

アリアドネが合図を送ると、アシュリーがカルラの侍女に魔導具を渡した。その侍女が安全性を確認し、魔導具をカルラへと手渡した。

「これが噂の魔導具ね。なんでも、コストパフォーマンスに優れていて、クズ魔石でも起動が出来る優れもの、なんですってね？」

「はい。それがあれば、クズ魔石の鉱山が価値あるものへと変わります」

「あら、それは言いすぎではないかしら？　たしかに、利益は得られるでしょう。だけど、金山ほどの価値はない。輸送費によっては消し飛ぶ程度の利益じゃないかしら？」

「おっしゃるとおりです」

地域を活性化させることくらいは出来ても、莫大な利益を生むほどではない。

自身が所有する直轄領にクズ魔石の鉱山があるにもかかわらず、カルラがあまり興味を抱いていないのもそれが理由だ。

だけどそれは、輸送費という問題があるからだ。

魔石の産出地で魔導具を量産すれば、その輸送費を削減することが出来る。逆に、魔導具の生産場所から離れた場所の鉱山ではあまり利益が得られない。

にもかかわらずカリードが裏切ったのは、鉱山による利益がなくとも、第二王子派と手を組めば問題ないと思っているから、というのが一つ。

そしてもう一つは、アリアドネが旧レストゥール王都で魔導具を生産するなら、自領にある鉱山の価値も上がると考えているからだ。

だけど、必ずしも旧レストゥール帝都で魔導具を作る必要はない。

「実は、カルラ王妃殿下が管理する土地を少々買わせていただきました」

カルラの眉がピクリと跳ねた。

「……そういえば、正体不明の商会が私の庭でちょろちょろしていたわね」

「さすがにお気付きでしたか。カルラ王妃殿下が条件を呑んでくださるのなら、クズ魔石の鉱山の近くに、規模の大きな魔導具の製作施設を作る予定です」

「……魔導具の製法は伏せるものでは？」

「性能はともかく、製法自体は従来品とたいして違いはありません。放っておけば、すぐに模倣品が作られることになるでしょう」

ある意図を込めて口にする。

（カルラ王妃殿下、貴女なら私の真意に気付くでしょう？）

挑むような視線を向ければ、彼女は不意に目を見張った。

「そう。そういうこと。……貴女、私を利用しようというのね」

アリアドネは満足気に微笑んだ。

回帰前のアリアドネは、第二王子派として魔導具を世に広めた。だが、第一王子派がすぐに模倣品を生み出したため、アリアドネは大した利益を得られなかった。

クズ魔石の鉱山を持つ領主や、世渡りの上手な一部の者が儲けることになったのみだ。

(だからこの回帰では、利益を得る者は私が決めるわ)

いまのアリアドネには、第一王子派の旗印《はたじるし》であるアルノルトと繋がりがある。アルノルトの名の下に魔導具を生産すれば、正面切って模倣品を販売する第一王子派はいない。

だが、第二王子派はここぞとばかりに模倣するだろう。

だが、カルラがその利益に係《かか》わっていたら？　第二王子派は、面と向かってカルラの利益を損なうような真似《まね》は出来ない。

儲かるのはアリアドネの関係者とカルラのみ。アリアドネが選んだ者だけが得をする。

それが、どれだけの影響力を得ることに繋がるかは語るまでもないだろう。

「いいわ。気に入った——と言いたいところだけど、それじゃ足りないわね。ジークベルトの利にならないもの。最初に言ったはずよ。あの子の敵に利することはないと」

「私の提案に乗らなければ、ジークベルト殿下が被害を受けることになったとしても、ですか？」

「それは……どういうことかしら？」

脅しと受け取ったのだろう。カルラが目を細めた。その迫力に当てられ、アリアドネの背後に控えるアシュリー達が息を呑む。

けれど、アリアドネは素知らぬ顔で紅茶を口にした。

「ご存じですか？　アストール伯爵が、ウィルフィード侯爵の犬だったと」

「…………」

カルラは表情に出さなかったが、彼女の背後に控える侍女がまさかといった顔をする。

アリアドネがわずかに視線を向けると、それに気付いたカルラが侍女を睨みつけた。

「も、申し訳ありません」

「……下がりなさい」

カルラの侍女が慌てて下がっていく。

だが、アリアドネはアシュリーを下がらせなかった。

「貴女は侍女を下がらせなくていいのかしら？」

「彼女はイザベル前王妃の目ですから」

第二王子派に寝返る訳ではない――と証明する必要がある。

「……そう。なら話を続けましょう。アストール伯爵の件は本当なのかしら？」

「ええ。事実です。なのに、ジークベルト殿下が彼の悪事を暴いてしまわれましたね。いまごろ、ウィルフィード侯爵は苦々しく思っていることでしょう」

「そういうこと。だから……」

思い当たることがあったのだろう。カルラがすっと目を細めた。その様子を目にしたアリアドネは、離間の計がそれなりの成果を上げたと確信する。

「ご存じだと思いますが、ホフマン伯爵代理はアストール出身です。そして現在、彼の息子と、ジークベルト殿下の側近の娘のあいだに縁談の話がありますね？」

ウィルフィード侯爵は、その縁談を足掛かりに別の縁談を重ね、ジークベルトの側近に身内を送り込もうとするだろう。それはつまり、ジークベルトの動向がいつか、ウィルフィードに筒抜けになる、ということだ。

カルラはその答えにたどり着き、深刻そうな顔で黙り込んだ。

（ウィルフィード侯爵には、回帰前の私も手を焼かされた。彼の犬を身内に引き入れるのは、なんとしても避けたい事態でしょうね。だから——）

「カルラ王妃殿下、ジークベルト殿下に警告するのはやめたほうがよろしいかと」

彼女の心の声に答えるようにセリフを滑り込ませた。カルラの身体がわずかに震える。

彼女がその動揺から立ち直るより早く、アリアドネは言葉を重ねる。

「王子が急に婚約を取りやめれば、侯爵はその理由を探るでしょう。ジークベルト殿下が、ウィルフィード侯爵を警戒した結果だ、なんて噂が流れては困るでしょう？」

仮にも味方同士なのだ。ホフマン伯爵家がウィルフィード侯爵家に繋がっていると知ったから婚約を取りやめた——なんて噂が立てば、二人の関係は致命的に悪化する。

ちなみに、いま言ったような噂が立たない、ということはあり得ない。なぜなら、ジークベルトが婚約を止めさせた場合、アリアドネがそういう噂を流すからだ。

アリアドネは、さきほどの言葉でそれを仄《ほの》めかした。ゆえに、ジークベルトサイドから婚約を取り下げるのは必ず悪手となる。

だが、アリアドネと手を組めばその問題は解決する。

なぜなら、ウィルフィード侯爵と繋がっているのはアストール伯爵家であり、その家の出身であるカリードとその息子だけだから。

アリアドネとの取引に応じてお家騒動を解決すればカリードは排斥される。当主となったリネットが、弟と第二王子派の娘との縁談を破棄するのは自明の理だ。

これで、カルラとジークベルトが抱えている問題は解決する。

しかも、カルラがお家騒動に手を貸したのはアリアドネと魔導具の件で取引した結果であり、ウィルフィードに思うところがあったからではない——という言い訳も立つ。

つまり、アリアドネの書いた筋書きに乗ることだけが、ジークベルトの被害を抑える唯一の手段になる。

「貴女を味方に引き込めなかったことが悔やまれるわね。いっそ、ここで殺してしまった方が、あの子のためなんじゃないかしら」

「それが不可能なことは、カルラ王妃殿下がよくご存じでしょう？」

前回と違い、今日は正式な訪問だ。

もしここでアリアドネになにかあれば、カルラにも責任が発生する。そんな絶好の機会を、アルノルトやイザベルが逃すはずがないからだ。

「……貴女、いったい何処から計算をしていたの？」

「さぁ、何処だったでしょう？　もう、忘れましたわ」

微笑みを浮かべれば、カルラは深い溜め息を吐《つ》いた。

「いいわ。今回は痛み分けね。他でもない、ジークベルトのために、陛下に王命を出すようにお願いしましょう。ホフマン伯爵を受け継ぐべきなのはリネット嬢よ」

「賢明なご判断ですわ、カルラ王妃殿下」

今回はここまでだ——と、目的を果たしたアリアドネは静かに席を立つ。

（ところで、私にはめられた末に、その私にフォローまでされたことを知れば、果たしてジークベルト殿下はどんな反応を見せてくれるのかしら？）

その反応を自分で見られないことを、アリアドネは少しだけ残念だと思った。

エピローグ

Epilogue

アリアドネがカルラの下を訪ねてから数日が過ぎたある日。

カルラの下に、侍女が報告にやってきた。

「カルラ王妃殿下、カリード様が面会を求めておいでです」

「事前の連絡はなかったはずだけど？」

連絡もなしに訪ねてきたカリードの無礼なおこないに、カルラが眉をひそめる。

「追い返しますか？」

「……いえ、どんな言い訳をするか興味があるわ。執務室に呼びなさい」

「かしこまりました」

そういったやりとりを経て、執務室にてカリードを迎える。カルラは執務机に座ったままで、カリードはそのテーブルの向こう側に立ったままだ。

その塩対応にカリードが不満を露《あら》わにする。

「カルラ王妃殿下、何故《なぜ》あのような王命を出されたのですか！」

「なにを言っているの？　王命を出されたのはラファエル陛下よ」

「誤魔化さないでいただきたい！」

(迂遠《うえん》なやりとりを理解できず、自分の置かれている状況も考えない。ただ当たり散らすだけとはね。この男は、自分がどれだけ身の程知らずか理解していないのでしょうね)

「カリード、本題に入りなさい。私は暇じゃないの」

「くっ。ではお伺いします。なぜ、ホフマン伯爵の正統な後継者がリネットであるなどという王命を出したのですか？」

だからそれは——と、喉元まで込み上げた言葉は呑《の》み込《こ》んだ。彼を相手に迂遠な言い回しをしても話が進まないと思ったからだ。

「要するに、愛人の子を当主にして家を乗っ取るつもりだったのに、王命のせいで予定が狂ったと言いたいのね？」

「なっ。愛人などと、訂正していただきたい」

「私が、ホフマン女伯爵の亡くなった年と、息子の年齢が合わないことに気付いていないとでも？　もしかして……女伯爵が亡くなったのも計画のうちかしら？」

「なっ、なにをおっしゃるのですか!?」

ただの思いつきだったのだが、カリードは思いのほか取り乱した。

(この程度でボロを出すなんて、アリアドネと比べるまでもなかったわね)

「興が削《そ》がれたわ。さっさと用件を終わらせましょう。私が貴方《あなた》を切り捨てた理由だったわね。それは、貴方が私とウィルフィード侯爵を天秤《てんびん》に掛けたからよ」

「なっ!? なぜそれを……」

カリードが自ら認めてしまう。

けれど、アリアドネから話を聞いてすぐに裏を取ったカルラにとって、いまのは誘導尋問ですらなかった。ゆえに、彼が認めても特に驚くことはない。

「私がなぜ知っているかなんてどうでもいいでしょう? 重要なのは、貴方が私を出し抜こうとしたことよ。そうじゃなくって?」

「お、お待ちください! 私はただ……」

「ただ……なにかしら?」

最後の機会を与えるが、カリードは見苦しい言い訳を口にするだけだった。対応に飽きたカルラはパチンと扇を鳴らして彼の話を遮った。

「カリード、今日ここに来ることを誰かに伝えたかしら?」

「そんな、あり得ません! 私が表向き、第一王子派であることをお忘れですか? 誰にも知らせず、細心の注意を払ったに決まっているじゃないですか!」

「それは好都合。……王宮に忍び込んだ罪人よ、引っ捕らえなさい」

カルラが再び扇を鳴らす。

次の瞬間、カルラの護衛騎士がカリードのまえに立ちはだかった。その騎士の背後で、扇で口元を隠して冷めた目線を向けるカルラ。

それが、カリードの見た最後の光景となった。


「身元不明の罪人として処理なさい」

カルラの命令で、カリードが運び出されていく。その作業を見送った後、カルラに仕える執事が「よろしかったのですか?」と口にする。

「問題ないわ。いまのホフマン家に彼を庇《かば》うものはいない。それに、彼の実家であるアストール家は人身売買の件でそれどころじゃないもの」

あえて気を付ける必要があるとすれば、ウィルフィードくらいだろう。だがその彼にしても、カリードを助ける義理はない。彼はあまりに身の程を知らなすぎた。

こうしてカリードとの話を終えたカルラは、代わりにジークベルトを呼ぶように命じた。

ほどなくして、ジークベルトが執務室へとやってくる。

「母上、カリードを切り捨てたというのはどういうことですか!」

「落ち着きなさい、ジークベルト。ちょうどその話をしようと思っていたのよ。少し長くなるから座って話しましょう」

侍女にお茶とお菓子の用意をさせて下がらせる。カルラはソファに腰掛け、ローテーブルを挟んでジークベルトと向かい合った。

「さて、どこから話したものかしら……」

「最初から話してください。母上はホフマン伯爵家を取り込むつもりだったのではないのですか？　そう聞いたから、俺も側近の娘を送り込もうとしたんですよ？」

「仕方がなかったのよ」

「仕方がないとはどういうことですか？」

「カリードはアストール家の出身でしょ？　そしてアストール家はウィルフィード侯爵の犬だった。彼は貴方に取り入り、ウィルフィード侯爵に情報を流すつもりだったのよ」

「それはまことですか!?」

カルラが頷《うなず》けば、ジークベルトは唇を噛《か》んだ。カルラの選択が、ジークベルトのダメージを少なくするための選択だったと気が付いたからだ。

だが、なにかに気付いたようにハッと顔を上げる。

「ならば、俺がアストール伯爵を告発したことは……っ」

「ウィルフィード侯爵の不興を買ったのでしょうね」

「──くっ。……申し訳ありません、母上。俺が迂闊《うかつ》でした！」

ジークベルトが拳を握り締め、その怒りと屈辱に身を震わせた。

「仕方ないわ。あの時点では知りようがなかったもの」

ジークベルトを慰める。

もしも、ウィルフィードと普段から話し合うような仲ならば話は別だっただろう。だが、ウィルフィードが第二王子派に属するのは、ジークベルトを傀儡《かいらい》の王とするためだ。

すれ違いが起きるのは仕方のないことだった。

（タイミングが悪いのは事実だけど……）

「とにかく、ウィルフィード侯爵の犬を貴方の近くに引き入れる訳にはいかなかった。だけど、ウィルフィード侯爵を警戒した結果だと、彼に思われることも避けたかったの」

「その選択が、ホフマン伯爵代理の排除、ということですか」

「ええ。それがこの状況で取れる最善だったことは間違いないわ」

「……そういうことであれば理解できます。母上がホフマン伯爵代理の裏切りに気付いて不幸中の幸い、といったところでしょうか」

「それについては偶然じゃないわ」

その事情を知ったのが、アリアドネとの取引の結果だと打ち明ける。

「関税を取り下げさせるだけなら、そこまでの取引をする必要はなかった。アストール伯爵とウィルフィード侯爵の関係を、アリアドネが教えてくれて助かったわね」

アリアドネの目的が関税を下げさせることだけだったならば、魔導具《まどうぐ》の件だけでも取引は成り立っていた。その場合、ウィルフィードの犬を身内に引き入れてしまったことに、ジークベルトは気付かなかっただろう。

(とんでもない切れ者ではあるけれど、身内には妙に甘い。まだまだ経験不足といったところかしら)

ゆえに、あの取引は引き分け。あるいは自分の勝利に終わったと思っていた。

ジークベルトの様子がおかしいことに気付くまでは。

「ジークベルト、どうしたの?」

「………………たのは……、でした」

「え?」

「アストール伯爵の悪事を俺に密告したのはアリアドネだったと言ったんです!」

「な――――っ!?」

目を見張って息を呑む。

そうして事情をよくよく聞けば、夜会で聞いた噂《うわさ》として、アリアドネが無邪気に語ったのだという。それを聞いた瞬間、カルラの中ですべてのピースが埋まった。

「……そう、そういうこと」

ジークベルトに、アストールを潰させたのはアリアドネ。

そうしてジークベルトとウィルフィードを仲違《なかたが》いさせた上で、それ以上関係がこじれないように手を差し伸べる振りをした。

それらを対価に、彼女は自分の望みを叶え続けている。

しかも、第一王子派に寄生する裏切り者を排除するというおまけ付きだ。

つまり――

(最初から最後まで、全部が全部、アリアドネの手のひらの上だった、という訳ね)

「……くっ。俺が、年下の娘に、してやられた、だと……っ」

ジークベルトがローテーブルに拳を叩《たた》き付《つ》けた。

「落ち着きなさい。熱くなっては負けよ」

「分かっています。分かっていますが……っ」

(ジークベルトが我を見失うのも無理はないわ)

貴族社会は権謀術数《けんぼうじゅつすう》にまみれている。

日常的なやりとりであるがゆえに、一度や二度の敗北ならば恥じることはない。だが、最初から最後まで手のひらの上で転がされるなどあってはならないことだ。

それを成した相手が、15の娘であるという事実に寒気すら覚える。

「マリアンヌを始末しようとしたのは失敗だったわね」

「……そう、かもしれません。ですが……」

「そうね。彼女はラファエル陛下に味方するつもりだった」

第二王子派ではなく、ラファエルに味方した。これこそ、ジークベルトがマリアンヌを始末しようとした理由である。

ラファエルは第二王子派に属してはいるが、次期国王をジークベルトに継がせることに迷いを抱いている。もしもマリアンヌを放置していたならば、王命によってアルノルトとアリアドネの婚約が成されていた可能性すらあった。

（とはいえ、いまさら悔いても仕方のないことね）

「気持ちを切り替えましょう。たしかに今回は敗北したわ。でも、すべてが終わった訳じゃない。彼女が結婚するのは成人してから。それまでに対処すればいい話よ」

「……はい、母上」

もちろん、それが簡単なことではないのは明らかだ。以前と違って、レストゥール皇族の注目度は跳ね上がっている。彼女を排除するのは容易ではないだろう。

それでも、ジークベルトを王位に就かせるには必要なことだ。

(今回は私達の負けね。でも、これで終わりじゃない。王になるのは私の息子よ！)


ホフマン伯爵家の正統な跡継ぎはリネットになった。

これにより、カリードは伯爵代理の地位を追われることになる。カリードと後妻、その息子がどうなるのかは、リネットの判断に委ねられた。

(ま、裏切り者の末路なんて大抵は決まっているわよね)

アリアドネには関係のない話である。

それより重要なのは、旧レストゥール帝都から続く街道に、第一王子派の領地が出来たことが大きい。これによって、関税の件も自然と元に戻っていった。

当面、その関連で悩まされることはないだろう。

こうして、束《つか》の間《ま》の平和を手に入れたアリアドネは、マリアンヌのお見舞いをしていた。

「お母様、お加減はいかがですか？」

「…………」

アリアドネの呼びかけに対し、明確な返事はない。けれど、わずかな反応はある。きっと聞こえているのだろうと、最近のアリアドネは希望を抱くようになった。

「お母様。この数ヶ月で私は多くのことを知りました」

これまでの情報から考えて、マリアンヌは宝石眼の秘密を知っていた可能性が高い。だから、アリアドネを皇女宮から外に出そうとしなかった。

宝石眼の秘密に気付く者が現れるかもしれなかったから。

「お母様にも、きっと多くの葛藤があったのでしょう」

マリアンヌが家庭教師を付けてくれなければ、アリアドネは抗《あらが》うことすら出来ずに殺されていただろう。

色々あったけれど、いまのアリアドネは胸を張って母を愛していると言える。

だから――

「早く元気な姿を見せてくださいね」

マリアンヌの腕を手に取って、拙い治癒魔術を行使する。専属の司祭が使用する治癒魔術に比べれば児戯《じぎ》に等しいレベルだが、それでも使わずにはいられなかった。

そうして祈りを捧げていると、ほどなくしてシビラがやってきた。

「アリアドネ皇女殿下、そろそろ準備の時間です」

「そう。なら行くとしましょう。……お母様、また会いに来ますね」

そう言って身を翻す。背を向けてまっすぐに部屋を出たアリアドネは、マリアンヌがその背中に向かって手を伸ばしたことに気付かなかった。


マリアンヌの部屋を退出したアリアドネは、そのままドレスルームへと足を運んだ。そこには侍女とメイドが勢揃《せいぞろ》いしていた。壁際には、事前に選んだドレスが飾られている。

今日はアルノルトとの婚約式を行う日だ。

「アリアドネ皇女殿下、お着替えをいたします」

「ええ、任せるわ」

身に着けている服を脱ぎ捨てて、純白のドレスを身に纏う。

「髪型はどうなさいますか？」

「いつもより大人びたように見せてちょうだい」

「かしこまりました」

シビラが髪型を整えていく。最後に、マリアンヌから借りているルビーを散りばめた薔薇《ばら》の髪飾りを着ければ完成だ。姿見に映った自分に、アリアドネは満足気に微笑《ほほえ》んだ。

そこにメイドがやってくる。

「アルノルト殿下がお越しです」

「いま行くわ」

ドレスルームを出ると、タキシード姿のアルノルト殿下が迎えてくれた。

「……アリアドネ皇女殿下、とても綺麗《きれい》ですね」

「ありがとう。アルノルト殿下も素敵ですわ」

(これは社交辞令よ)

この婚約を結ぶのは契約であって愛ではない。

アリアドネにとっては回帰前に毒殺した相手で、いまは償うべき相手でもある。彼が自分に好意を向けていることには気付いているが、アリアドネに彼を愛する資格はない。

だから――

「アリアドネ皇女殿下、私を愛す努力をしてくださいね」

唐突に言われたことを理解できなかった。

三度ほど瞬いて、それからかろうじて口を開く。

「……え？　それは……」

「それが、私が貴女に要求する契約の条件です」

「……な、なにをおっしゃっているのですか？　貴方は私を守る。その代わりに、私は貴方を王にすると言ったではありませんか！」

「たしかにそういう話は聞きましたが、私は応じていません。そもそも、貴女に王にしていただこうとは思っていませんよ。私は自分の力で王になってみせます」

言われて必死に思い返す。たしかに、あのときのアルノルトは一度も、取引が成立したといった主旨の言葉を口にしていない。アリアドネが勝手にそう思っただけだ。

そう気付いたアリアドネに向かって、アルノルトが契約書を差し出してくる。そこにはしっかりと、アルノルトがさきほど口にした要求が示されていた。

アリアドネは、アルノルトを愛する努力をすること、と。

「こ、交渉のやり直しを要求します！」

「いまから、ですか？　婚約式の時間が迫っているのに？　私は延期してもかまいませんが、アリアドネ皇女殿下は困るのではないですか？」

「そ、それは……」

たしかに困る。アリアドネは既に、第二王子派をがっつり敵に回している。このタイミングで婚約を延期などすれば、これ幸いと命を狙われることになるだろう。

「さ、さてはハメましたね⁉」

「否定はしません。ですが、私を王にするより難しいことですか？　ただ、私を愛する努力をして欲しいと、お願いしただけですよ？」

「それは、そう、ですが……」

アリアドネは別に、アルノルトを嫌っている訳ではない。敵として長く接したからこそ、才能におごらず、努力を続ける性格であることを知っている。

ただ、自分に愛する資格がないと思っているだけだ。

想《おも》いを寄せないように自分を戒めていたのは、戒める必要があったから。

なのに、彼はその戒めを解けという。

（そんなの……）

「……アリアドネ皇女殿下、そんなに嫌ですか？」

気付けば、捨てられた子犬のような顔をしたアルノルトの顔が目の前にあった。

顔が赤くなるのを自覚し、アリアドネは慌ててその場から飛び退《との》いた。だが、そうして耳まで真っ赤になった彼女を前に、アルノルトが安堵《あんど》するように微笑んだ。

「どうやら、嫌われてはいないようですね」

「う、うるさいわね。私はなにも言っていないわよ！」

「それが素の貴女ですか？」

「そうよ、なにか問題があるかしら!?」

「いいえ、とても素敵です。これからは、もっとそういう姿を見せてくださいね」

「〰〰っ」

なにを言っても勝てそうにない。

手の甲で火照った頬を冷やそうと足掻《あが》くアリアドネに向かって、アルノルトがそっと手を差し出した。ただし、どこかいたずらっ子のような顔をして。

「さあ、どうしますか？　契約、してくださいますか？」

「…………ます」

「はい？」

「……検討、します」

「検討ではダメですよ。いまここで決めてください」

「あぁもう、分かったわよ。貴方を愛する努力をするわ！」

叫んだ瞬間、アルノルトに腕を引かれて抱き寄せられた。

腕の中で目を見開くアリアドネ。

次の瞬間、お姫様のように抱き上げられる。

「ア、アルノルト殿下？」

「愛しています。初めて会ったあの日から」

「は、恥ずかしいセリフは禁止です！」

お姫様抱っこ状態で告白されたアリアドネは真っ赤になって身悶《みもだ》える。

甘いマスクに見つめられたアリアドネの鼓動は早鐘のように高鳴っていて、彼がどこか昔を懐かしむような素振りをしていることには気付かなかった。

「さあ、皆が待っています。そろそろ会場に急ぎましょう」

「ま、まさか、このまま向かうつもりですか!?」

「努力、してくださるのですよね？」

「……ううっ。もう、いっそ殺して」

ついに耐えきれなくなったアリアドネが両手で顔を覆《おお》う。

「死なせませんよ。貴女は私が守るので」

アリアドネはお姫様抱っこで運ばれていく。そのまま、婚約式の会場に姿を現した、アリアドネとアルノルトの二人はある意味で伝説となった。

だが、それは伝説の始まりに過ぎない。

大勢のまえで婚約をした二人は、それから多くの味方を従えて台頭していく。

味方には義理堅く、ときには敵と手を組むことも厭《いと》わない。よりよき未来を目指した二人はやがてグランヘイムの頂点に立ち、夫婦で国政に関わることになるのだが――
それはまた別の機会に語るとしよう。

あとがき

モノクロの世界に彩りを、著者の緋色《ひいろ》の雨《あめ》です。

……いや、ごめんなさい。最近はVTuberの配信やそれ系の物語に興味津々で、こういう挨拶をやってみたいという衝動に抗《あらが》えませんでした。

……大丈夫ですかね？　大賞受賞作のあとがきがこんな書き出しで。

というか、今作の執筆は本当に大変でした。いくつも締め切りが重なって忙しい時期だったんですが、どうしてもコンテストに応募したくて書き上げました——三週間で。

短い期間ですが、朝から晩までずうううううっと執筆していました。もちろん手なんて少しも抜いていませんし、他の作品より多くの時間を掛けたと思います。

三週間、寝ている時間以外はずっと権謀術数《けんぼうじゅっすう》のことばかり考えていました。なので、あとがきくらいはゆるっとした文体でも許されるはずです。

というか、許してください！　2巻もがんばりますから!!

とはいえ、ここからは少し真面目にいきます。

今作『回帰した悪逆皇女は黒歴史を塗り替える』は『第8回カクヨムコンテスト恋愛部門』

にて『大賞&ComicWalker漫画賞』のW受賞を果たしました。

この栄誉を、応援してくださったすべての皆様と亡き母に捧げます。


また、緋色の雨は2023年の12月31日にて作家デビュー7周年を迎えます。

数えてみたんですが、小説とコミカライズをあわせて 35冊目になるようです。他にも翻訳版もあるのであわせると結構な数を出していますね。

ちなみに、シリーズの最高巻数は小説が5巻でコミカライズは7巻です。わりと凄いことだそうですが、欲を言えばもっともっとシリーズを長く続けたいと願っています。

もちろん、それは今作も同じです。既に2巻は刊行予定。そのまま5巻、10巻と刊行を続けていきたいと考えているので、応援のほどをよろしくお願いします。


また、今作は漫画賞を賜りましたので、コミカライズが決定しています。

マンガの作画を担当してくださるのは三戸《みと》様。既にキャラデザなどをいただいているのですが、アリアドネを筆頭にとても魅力的なデザインを描いてくださっています。

ぜひ、コミカライズのスタートを楽しみにしておいてください！

進捗は、緋色の雨やKADOKAWAホビー書籍編集部のX(旧Twitter)などで告知すると思います。

余談ですが、緋色の雨は三幕構成をこよなく愛しています。そのため、自作品のプロットはすべて三幕構成をベースにしていると言っても過言ではありません。

しかし、三幕構成は映画を前提とした理論であり、その基礎が構築されたのはいまから40年以上前のため、現代のライトノベルにはそぐわない部分がいくつかあります。

自分は新作を書くたびに、その問題点をどうするか考えてきました。正直に言うといまも悩み続けていますが、それでも一応の答えを出せたと思っています。

その答えの一つとして書き上げたのが今作です。

三幕構成の後に圧縮した三幕構成を加えた5つのエピソードで構成して、エピソードが増えた分だけ1話ごとの文字数を減らしてテンポを上げました。

セミエピローグとセミプロローグが存在するのはそのせいです。

どうでしょう？　この本を読み終えたとき、あっという間に2冊読んだような錯覚を抱きませんでしたか？　もしそのように錯覚していたら――緋色の雨の思惑通りです。

錯覚していなかったら……いま読んだこと、全部忘れてください(笑)

どちらにせよ、悪逆皇女を楽しんでいただけたのなら幸いです。

それと、この場をお借りして少し宣伝をさせてください。

2024年は今作以外にも、複数の小説やコミカライズを刊行予定です。

それらの告知はX(旧Twitter)のアカウントで行う予定ですので、緋色の雨のアカウント(@tsukigase_rain)をフォローしていただけると嬉しいです。


それから、イラストレーターの鍋島《なべしま》テツヒロ様。

素敵なイラストをありがとうございます！　どのイラストも素敵ですが、特にアリアドネのデザインと表情が最高でした！

続いて担当の藤田《ふじた》様。

今作を選んでいただきありがとうございます！　藤田様が手掛けた作品はどれも表紙が素敵なので、一緒にお仕事が出来ることを楽しみにしていました！

今作の表紙も本当に素敵です！

という訳で、デザイナーの世古口《せこぐち》様、ありがとうございます！　構図の案もそうですが、あの美麗なカバーイラストをこんな風にデザインするのかと感動いたしました！

そして校正の玄冬書林《げんとうしょりん》様、校正作業がとてもやりやすかったです！

(そうそう。校正者様の名誉のために書いておきますが、作中にある〝宝石を散りばめる〟

は緋色の雨が意図的に残していただいた表現です）

それから、キャッチフレーズの選定など、今作の制作に加わってくださったすべての皆様にも感謝を申し上げます。おかげさまで、このように素敵な一巻が完成しました。

皆様に心からの感謝を。

そして最後は、今作を手に取ってくださった〝あなた〟。

あなたは何処《どこ》のどなたでしょう？

学生？　社会人？　日本の方？　それとも外国の方でしょうか？　そして、緋色の雨の作品を初めて手に取った方でしょうか？　それとも以前から知っている方ですか？

緋色の雨は普段、読者を〝皆様〟と表現します。緋色の雨の書く物語は不特定多数が読むことを前提としていて、特定の誰かに向けたメッセージではないからです。

ですが最近、ファンと名乗ってくださる方々と接する機会があり、〝読者の皆様〟は、様々な生活や夢を持つ個人の集まりだと認識するようになりました。だからこのあとがきだけは、皆様ではなく、いまこれを読んでいるあなたに伝えます。

あなたが、あなた方がいるから、緋色の雨は夢の一つを叶え、7周年を迎えることが出来ます。今作を手に取ってくださって、本当にありがとうございました。

それでは、2巻でもあなたにお目に掛かれることを願って——

２０２３年12月吉日　緋色の雨

回帰した悪逆皇女は黒歴史を塗り替える 1

2023年12月28日　初版発行

著　緋色の雨

イラスト　鍋島テツヒロ

発行者　山下直久
担当　藤田明子
装丁　世古口敦志、丸山えりさ(coil)
編集　ホビー書籍編集部
発行　株式会社KADOKAWA
〒102-8177　東京都千代田区富士見2-13-3
電話:0570-002-301(ナビダイヤル)
印刷・製本　図書印刷株式会社

●お問い合わせ
https://www.kadokawa.co.jp/(「お問い合わせ」へお進みください)
※内容によっては、お答えできない場合があります。
※サポートは日本国内のみとさせていただきます。
※Japanese text only

本書は、カクヨムに掲載された「二度目の悪逆皇女はかつての敵と幸せになります。でも私を利用した悪辣な人々は絶対に許さない!【悪逆皇女は黒歴史を塗り替える】」を加筆修正したものです。

定価はカバーに表示してあります。

Printed in Japan
ISBN 978-4-04-737716-5　C0093